愛の渦

三浦大輔

白水社

愛の渦

目次

登場人物

男1（大学生）
男2（既婚者・会社員）
男3（フリーター）
男4（工場勤務）
男5（カップル）

女1（常連の客）
女2（保育士）
女3（大学生）
女4（OL）
女5（カップル）

店員1（店長）
店員2（店員）

開演前、幕が閉まっていて舞台は見えない。
客入れの音楽が止み。

暗転。

◉シーン1

ユーロビートの音楽かかる。

テロップ『ＰＭ１０：５０』

明転。

そこは高級マンションの一室。
ロフト型のマンションで1階のリビングから2階の様子は見えるようになっている。
部屋の中は間接照明だけで照らされていて薄暗い。

舞台上手には窓がありカーテンが閉められている。
舞台下手にはバスルームのドア。
その横にテレビが置かれている。
下手奥には2階へ続く階段。

リビング上手側にはソファーとテーブル。
テーブルの上には、お菓子、ペットボトル、紙コップが置かれている。
ソファーに女3が座っている。
女3、落ち着きがない様子で携帯をいじっている。

その横には、トートバッグ（中にはバスタオルが入っている）が置かれている。

舞台奥、中央はカウンターになっていて、その上にはラジカセが置かれている。
最初にかかったユーロビートはかかりっぱなしで、音はそこから出ている。

※音楽は大音量で流れているので、このシーンの最後まで基本的に役者の台詞は聞き取ることができない。

ラジカセの横に数枚のＣＤが並べられている。
女１、カウンターの椅子に座り、流れているユーロビートのＣＤジャケットを手に取って見ている。

舞台奥、上手側には玄関へ続くドアとトイレのドア。
カウンター奥はキッチンになっており、キッチンの下手側に従業員室のドア。

店員２、キッチンスペースで携帯で話している。

店員２「そこの交差点にサンクスありません？……はいはい……ありました？　じゃあ、サンクス、背にして右に行って下さい。したら、マンションの入り口があるんで……そこ入ってもらって、オートロックになってるんで、３０１呼び出して下さい……あ、はい。はーい（携帯切る）」

女１、流れている曲を口ずさんでいる。

女　１「この曲、超好き」

店員２「かっけーよね」

女1と店員2、カウンター越しに他愛もない話。

しばらくして、インターホン鳴る。

女3、インターホンに注目。

店員２「（インターホンに出て）あ、はい。はい。どうぞー（オートロックを開ける）」

女1と店員2、また他愛もない話。

店員2、曲に合わせて、パラパラを踊り出す。

女1も、それに乗る。

部屋のチャイムが鳴る。

店員2、玄関に行く。

女3、玄関の方を気にする。

女1、お菓子を取りにテーブルの方に行く。

女1、女3が緊張しているのを見て微笑み、「来たよ」と玄関の方を指差し、またカウンターに戻る。

しばらくして、男3、店員2に連れられて部屋に入って来る。

男3、女1と目が合うがすぐに逸らし……

店員２「場所わかりました？」

男　３「ああ……はい」

店員２「じゃ、会計だけ、先いいっすか」

男　３「２（万円）ですよね」

店員２「あ、はい」

　男３、店員２にお金を払う。

　店員２、トートバッグを男３に渡す。

　男３、それを受け取り、リビングに行く。

　さりげなく、女３を見る男３。

　女３はわざと気にしてない素振りで携帯をいじっている。

　男３、女３と離れたところに座る。

　女３、さりげなく、男３を見る。

店員２「（ぎこちなくしている男３に気づいて）そこにあるもの、適当に飲んじゃって下さい」

男　３「（聞こえなかった）え？」


　インターホン鳴る。

　女３、インターホンに注目。

店員２「（インターホンに出ながら男３に）あ、それ、飲んでいいっすよ」

男　３「あ、はい……」

店員２「（インターホンに）あ、はい。はい。どうぞー（オートロックを開ける）」

　男３、テーブルの方に行き、女３のことを気にしてない素振りでジュースを紙コップに注ぐ。

　女３も、素知らぬ顔で、携帯をいじっている。

　男３、ジュースを注ぎ終わると、また、女３と離れたところに戻り、座る。

男3、落ち着きがない。

部屋の中を見渡したり、時々、大げさなため息。

女3はまだ携帯をいじっている。

男3、さりげなく、女3を見る。

しばらくして、女3、男3をさりげなく見る。


女1と店員2、他愛もない話。

店員2「何だ。それ」
女　1「超うけない？」

女1と店員2、爆笑する。

二人を見る男3と女3。

男3、女3は女1と店員2が笑い合っているので、それに合わせて、うっすら笑うが、別に会話に加わることもせず……


部屋のチャイムが鳴る。

店員2、玄関に行く。

振り向いて、男3をさりげなく見る女1。


しばらくして、店員2、男2（スーツ姿）を連れて来る。

男2、女1と目が合う。

男2、軽く女1に会釈。

女1、無視。


男2、店員2にお金を払ってリビングに行こうとするが……

店員2「あ、すみません」

店員2、トートバッグを男2に渡す。

男　2「ああ……」

男2、それを受け取り、リビングに来る。

男2、女3をさりげなく見る。

女3はまだ携帯をいじっている。

男2、男3と目が合って軽く会釈。

男3も軽く会釈。

男2、どこに座ろうか戸惑うが、結局、女3と離れたところに座る。

男2、ポケットから携帯を取り出して、メールをし出す。

店員2「（男2に）そこにあるもん、適当に飲んじゃって下さい」

男　2「あ、はい……」

女3、男2をさりげなく見る。

男3、男2に話しかけようとするが、男2は携帯をいじっていて、それに気づかない。

男2、ポケットからタバコを取り出し、吸う。

しばらくして、灰皿を探す男2。

テーブルの上を見るがないようだ。

男2、立ち上がり、カウンターの方に寄って行き、店員2に話しかけようとした時……
インターホン鳴る。
男3、女3、インターホンに注目。
店員2、男2に気づくが、『ちょっと待って』と制してインターホンに出る。

店員2「(早口で) あ、はい。はーい。どうぞー (オートロックを開ける)」

この間、男2と女1、目が合うが、女1はすぐに逸らし……

店員2「どうしました?」
男　2「灰皿、あります?」
店員2「(テーブルの方を見て) あ、すみません」

店員2、キッチンを探すが灰皿はなく、従業員室に行く。
男2の灰、落ちそう。
女1、自分の使っていた灰皿を男2に差し出す。

男　2「あ、すみません……」

それだけで、男2と女1、会話はない。
店員2、なかなか戻ってこない。
そのやりとりを男3と女3はさりげなく、横目で見ている。

間。

男2、気まずくて、カウンターから離れ、さっき座ってた場所に戻る。

戻ったところで女1、男2を見る。

店員2、灰皿を数個持って、戻って来る。

男2に一つ渡し、あとはテーブルの上に置き……

店員2「(男3に) あの、シャワー浴びて来てもらえますか?」

男　3「え」

店員2「男性の方から、浴びてもらうんで……」

男　3「ああ、はい」

男3、立ち上がる。

店員2「あ、トイレ大丈夫っすか」

男　3「え」

部屋のチャイムが鳴る。

店員2「(玄関に向かいながら) シャワー浴びたら、トイレ行けないんで」

男　3「あ、じゃあ……」

店員2「はい。お願いします」

男　3「(店員2を呼び止めて) あの」

店員2「(立ち止まり) はい?」

男　3「トイレどこっすか」

店員2「ああ (うざそうにトイレを指す)」

店員2、急いで、玄関に向かう。

男3、トイレに向かう。

男3、トイレに入る前に玄関の方を気にする。

店員2と女2の声が聞こえて来たので、急いでトイレに入る。

店員2、女2を連れて来る。

女　2「また、迷っちゃって……」

店員2「ここわかりずらいっすよね」

女2、女1と目が合って、軽く手を振る。

知り合いのようだ。

女2、店員2にお金を払う。

店員2、トートバッグを女2に渡す。

女2、リビングに行き、どこに座ろうか迷う。

男2、自分に会釈するのを待っていたが、女2、男2を無視し、軽く女3に会釈してソファーに座る。

座ったところで、女2、さりげなく男2を見る。

女1と店員2は他愛もない話。

男2、女2・3、無言。

しばらくして、男2、立ち上がり、テーブルの方に行く。

男2、ジュースをくみながらさりげなく女2を見る。

女2、さりげなく男2を見る。

二人、目が合いそうになって、逸らす。

店員2の携帯、鳴る。

店員2「(携帯に出て) え、今どこっすか？　サンクスの右にマンションありません？　そこの３０１です。はい。はーい。（切ろうとして）あ、オートロックなんで、呼び出して下さい（携帯切る）」

男３、トイレから出て来る。
さりげなく、女２を見る。
女２も男３に気づき、見る。
男３、目を逸らす。

店員２「（男３に）あ、シャワーいいっすよ」
男　３「ああ、はい」

インターホンが鳴る。

男３、シャワーがどこかわからず、戸惑っている。

店員２、インターホンに出ながら、男３にバスルームのドアを指差す。

店員２「（インターホンに）はい。はーい。（オートロックを開ける）」

すぐに店員２の携帯、鳴る。

店員２「（携帯に出て）あ、はい。あ、そこです。そこです。オートロックなんで、３０１呼び出して下さいね……あ、はい。はーい」

店員２、電話しながら、男３にバスルームに行くように促す。

男３、戸惑いながら、バスルームに入って行く。

しばらくして、女２、立ち上がりトイレに向かう。

部屋のチャイムが鳴る。

店員２、玄関に行く。

玄関を気にしながら、トイレに入る女２。

女１、振り返り、さりげなく男２を見る。

しばらくして、店員２、男１を連れて来る。

女３、男１をさりげなく見る。

男１、店員２にお金を払って……

男　１「ぼったくりとかいやっすよ」
店員２「ない。ない」
男　１「ほんとっすか」
店員２「(笑う)」
男　１「すげー、怖いんすけど」
店員２「これ以上、一切、かからないんで……」

・

インターホン鳴る。

店員２「(インターホンに出て) はい。はーい (オートロックを開ける)」

店員２がインターホンに出ている間、男１は女１と目が合い、にやけながら軽く会釈。

女1も軽く会釈。

店員2、トートバックを男1に渡す。
それを見て、ちょっと吹き出す男1。
男1、リビングに入って来て、部屋の中の光景を見て、また吹き出す。
男1、にやけながらテーブルのの方に来て、女3の顔を覗き込む。
女3は、無視して携帯をいじっている。

店員2「(その様子をにやけながら見ていて)飲み物、飲んでいいっすよ」
男　1「ああ、はい」

男1、飲み物を注ぎながら、女3の顔をさらにじーっと覗き込む。
女3、相変わらず無視。
その時、女2、トイレから出てくる。
男1と目が合う。
女2、すぐに目を逸らし、素っ気ない態度でソファーに座る。
男1、女2の顔をまじまじと見る。
男1、飲み物を注ぎ終わって、女達と離れたところに座る。

部屋のチャイムが鳴る。
店員2、玄関に行く。

女1、振り返って男1を見る。

その時、男2、飲み物をこぼしてしまう。

ポケットからティッシュを取り出して、必死に拭く男2。

男1、拭くのを手伝わないで無視して、携帯をいじっている。

女2はそれを手伝おうかどうか迷うが、結局、手伝わない。

店員2、男4を連れて来る。

男4、きったない作業着を着ている。

男4、店員2にお金を払う。

店員2、男4にトートバックを渡す。

男4、リビングに来る。

みんな、男4に注目している。

男4、どこに座ろうか迷っていると……

ひそひそ話をしていた女1と店員2、いきなり爆笑する。

男4を見て笑っている。

男4、女1と店員2の方を見る。

女1と店員2、目を合わせてにやける。

店員2、携帯鳴る。

男4、首を傾げながら、女達と離れたところに座る。

店員2「(携帯に出て) え、今、どこっすか。だから、そこじゃなくて、サンクスの右ですよ……はい。はい」

玄関のドアがいきなり開いて、店員1来る。
みんな、一斉に店員1を見る。
店員1、部屋を見渡し……
店員2は電話をしながら、店員1に軽く会釈。
店員1、従業員室に入り、ジャケットを脱いで戻って来る。

店員2「(携帯終わって) 何か、一人、女性がすげー迷ってて……」
店員1「今、どこだって?」
店員2「すぐ近くまで来てるんですけど……」
女　1「もう、始めちゃえば」
店員1「(時計を見て) ああ」
店員2「いいっすか」
店員1「(うなずく)」

女1、キッチンの横に置いてあったトートバッグを持ってソファーに向かう。
どこに座ろうか迷う。
みんな、女1に注目している。
女1、結局、ソファーの端に座る。

店員1、みんなのところに来て……

店員1「えーと、一人、遅れてますが、時間が来たので、始めさせていただきます……」

インターホン鳴る。

店員1「あ、来ました。来ました……」

店員2、インターホンに出る。

店員2「あ、はい。どうぞー（オートロックを開ける）」

店員1・2、その客が来るのを黙って待つ。
客達も何も喋らずにただ待っている。

気まずい間。

しばらくして……
バスルームのドアが開き、腰にバスタオルを巻いただけの格好で男3が出て来る。
みんな、それに注目。

男3「（恥ずかしそうに男2に）あの、次……」
男2「ああ……はい」
男3「（男1、男4に）（気恥ずかしさをごまかす感じで）男性から浴びるみたいなんですよ」
男1「ああ……」
男4「……」

男2、立ち上がる。

男3「シャワー、出、悪いっすよ」
男2「ああ……はい」

部屋のチャイムが鳴る。

店員2、急いで玄関に行く。

男2、立ち止まって、なかなかバスルームに入らない。

女4、店員2に連れられて来る。

男2、女4の顔をさりげなくチェックしてバスルームに入る。

女　4「すみません。遅れちゃって」

店員2「大丈夫っすよ。まだ、始まってないんで」

女　4「あ、お金……」

女4、お金を払う。

店員2、女4の荷物を受け取り、トートバッグを女4に渡す。

女4、リビングに来る。

女　4「(元気に) よろしくお願いします!」

一　同「……」

店員1「じゃあ……これで……」

女　4「あ」

女4、キッチンのところに行き、自分のカバンの中を漁る。

店員2「何すか」

女4、カバンの中から携帯を取り出し……

女　4「すみません」

店員1・2、うざそうに女4を見る。

女4、座る。

女4、あまり緊張している様子もなく男達の顔を眺め、バスタオル1枚の男3が目に入り軽く笑う。

店員1「じゃあ、全員集まりましたので始めさせていただきます」

店員2「俺ら、あっこの部屋にいますんで、シャワー浴び終わったら声かけて下さい」

店員1・2、従業員室に去る。

店員がいなくなって、気まずい一同。

誰も話そうとするものはいない。

長い間。

男2、着替えの途中の格好のまま、バスルームから出て来る。

一同、男2に注目。

男2、トートバックを忘れたようで、それを取り、みんなに照れて笑いかけるが、一同、無視。

男2、恥ずかしそうに、バスルームに戻って行く。

気まずい間が続く……

ユーロビートの音楽、そのまま流れて……

暗転。

◎シーン2

テロップ『1時間前』
←
『PM10:00』

明転。
と同時に、音楽、カットアウト。

女3、ソファーに座っている。
テーブルには飲みかけのジュース。
その向かいに店員1。
店員1、タバコに火をつける。

店員1「何で知ったんですか？　うちのこと」
女　3「あの……HP《ホームページ》で……」
店員1「ああ……じゃあ、だいたいうちのシステムわかってくれてるよね？」
女　3「ああ……はい」
店員1「まあ、あの通りなんで……」
女　3「はい」
店員1「すぐ、この後、参加しましょっか？」
女　3「あの……まだ参加するかどうか決めてなくて……」

店員1「え」
女　3「ちょっと、まだ迷ってて……」
店員1「ああ」
女　3「色々聞いてから決めようと思って……」
店員1「(うざそうに) ああ……まあ、そうですね」

店員1、灰皿を取りにカウンターに行く。

女　3「あの……始発の時間まで、やってるんですか？」
店員1「(灰皿取って戻りながら) やってますよ。朝5時までだから。始発、動いてるでしょ」
女　3「私、タクシーで帰れないんで……」
店員1「家、どこなんですか？」
女　3「川崎です」
店員1「(気持ちが全然入ってない) 遠いですねー」

女　3「ああ……はい」
店員1「……」
女　3「……」
店員1「ん？」
女　3「え」
店員1「他は？」
女　3「あー。あの……どういう人が来るんですか？」
店員1「ああ、まあ……サラリーマンもいるし。学生さんもいるし。普通ですよ……」
女　3「あ、そうですか」
店員1「身分書を提示してもらってますから、変な人は来ませんよ」
女　3「年齢は……」
店員1「うちは若い人専門のサークルなんで、20歳から29歳までの方しか来ません。ホームページに書かれてたと思うけど」
女３「ああ、はい」
店員１「……」
女３「あの……料金は？」
店員１「(うざそうに) 単独男性、２万円。単独女性、千円、カップル、５千円。まあ、これもホームページに書かれてたと思うけど……」
女３「あ、すみません」
店員１「他にありますか？」
女３「え」
店員１「はい？」
女３「ああ。あの……」
店員１「はい」
女３「あの……」
店員１「何ですか？」
女３「実際……どんな感じになるんですか？」
店員１「え、何が？」
女３「あの……流れっていうか……」
店員１「ホームページに書かれてた通りですよ」
女３「あ、すみません」
店員１「(うざそうに) まずね……男性、女性、顔合わせますよね。で、順番にシャワーを浴びてもらって……終わったら、(２階を指して) あそこのプレイルームでお客さんの好きなようにそういうことをしてもらうと……それだけですよ」
女３「……」
店員１「ん？」
女３「え、あの……皆さん、そういうことは必ずされるんですか？」
店員１「もちろん、皆さん、そういうことはしていかれますよ。必ず」

女　3「ああ……」

店員1「はい」

間。

女　3「あの……気に入らない人がいたら拒んでもいいんですか」

店員1「(呆れて) いいですよ……」

女　3「ああ……」

店員1「ただね……拒み続けてたら、何でここに来たのって話になりますよ?」

女　3「……」

店員1「(女3の態度にいらいらして) あのね……いいですか……ホームページに書かれていたと思いますけど……うちは、セックスがしたくてしたくてしょうがないって人が集まるサークルなんですね。わかります?」

女　3「あ、はい」

店員1「例えば……何だろう……合コンに行きますよね、でも、みんながみんな、すぐにそういうことがしたいとは限らないじゃないですか。そういう行為に至るまでの過程はとても面倒くさいですよね。でも、うちは、そういうよけいな駆け引き一切なくして、すぐにそういうこと、まあ、エッチなことができるんですね。そういう同意のもとに皆さん、集まってますから……」

女　3「……」

店員1「それなのに、エッチをしていかれないのはおかしいと思いません?」

女　3「ああ」

店員1「僕のいってること、わかります?」

女　3「あ、はい……」

店員1「(女3の態度にさらにいらいらして)あなたも、やりたくてやりたくてしょがなくて、手っ取り早く誰とでもセックスしたいから、わざわざ……どこでしたっけ?」

女　3「え」

店員1「家」

女　3「ああ、川崎です」

店員1「ああ、川崎。川崎から、いらっしゃったんじゃないですか?」

女　3「ああ……」

店員1「違うんですか?」

女　3「いや……」

店員1「(さらにいらいらして)あの……あなた、うちのHPをご覧になったんですよね?」

女　3「あ、はい」

店員1「うちのHPって『乱交パーティー』って検索しないと見つからないはずなんですよ。あなたもそうやって検索したんじゃないんですか?」

女　3「いや、あの……レディコミを買ってて……そこに、アドレスが載ってて……」

店員1「ああ……」

女　3「はい」

店員1「(先走ったことに照れて)そうですか……」

女　3「すみません……」

間。

店員1「とりあえず、参加してみないとわかんないですよ」

女　3「……」

店員1「どうします？」

女　3「……」

間。

店員1「（タバコを消しながら）あの怖いんなら、やめた方がいいかもしんない……こっちも無理強いする気はないんで……」

女　3「……」

店員1「ごめんなさい。あんま時間ないんですよ。この後、すぐ始まるから」

女　3「あの……」

店員1「決心が着いたら、また来て下さい」

女　3「あの……」

店員1「うち、いつでもやってるんで……」

女　3「……いや……」

店員1「ん？」

女　3「あの……」

店員1「はい」

女　3「参加したいんですけど……」

店員1「え」

女　3「あのせっかく来たし……。家、川崎なんで……」

店員1「……」

女　3「……」

間。

店員1「大丈夫ですか？」

女　３「あ、はい」
店員１「ほんとに大丈夫ですか？」
女　３「ああ……はい」
店員１「うちの会員さん、ほんとにスケベですよ……。
　必ず、エッチなことにはなりますよ……」
女　３「……」
店員１「(いきなり)あなた、エッチ好き？」
女　３「え……ああ……」
店員１「(強く)大好き？」
女　３「あ、はい……」
店員１「オナニーします？」
女　３「え」
店員１「(強く)オナニーしますか？」
女　３「あ、いや……」
店員１「(さらに強く)オナニーって何か知ってますよね？」
女　３「(恥ずかしそうに)あ、はい……します」
店員１「……」
女　３「……」
店員１「(呆れて)あなた、本当にスケベなんですか？」
女　３「(口ごもって)あ、はい」
店員１「……」
女　３「……」
店員１「じゃあ、それを証明していただけませんか？」
女　３「え」
店員１「今、ここで、僕に、あなたがスケベだってことを証明して下さい」
女　３「……」
店員１「それを証明してくんないと、店側としてはあなたをこのサークルに参加させることはできないですよ」

女３「……」

店員１「あなたを見てるとね、エッチなことしたいっていう、気持ちが全然伝わってこないんですよ」

女３「……」

店員１「そういう人がいたら、他のお客さまに迷惑がかかっちゃうじゃないですか……」

女３「……」

店員１「あなたが僕の立場だったらそうすると思いませんか？」

女３「え、何をすればいいですか？」

店員１「何でもいいですよ。あなたなりのやり方でこちらに伝えていただければ……」

女３「……」

店員１「あなた、ひやかしですか？」

女３「いえ」

店員１「本当に参加したいんですよね」

女３「あ、はい……」

店員１「だったら、それくらいできるはずですよ」

店員1、またタバコに火をつける。

女3、黙っている。

長い間。

女3、恐る恐る持って来た自分の鞄に手をやる。

店員１「どうしたんですか？　帰るんですか？」

女3、首を振り、鞄の中を漁り出す。

鞄の中から大学の教科書、参考書、辞書等を取り出して……
店員1、その様子を黙って見ている。
女3、何かを見つける。

女　3「……」

店員1「……」

女3、恥ずかしそうに、鞄からリモコンバイブのスイッチを取り出して、テーブルの上に置く。
間。

店員1「何ですか。これ」

女　3「こういう仕事をしてる人だったらわかりませんか？」

店員1「わかりますよ。リモコンバイブですよね」

女　3「……」

店員1「で、これがどうしたんですか？」

間。

女　3「（照れながら）あの……今、私、パンツの中に、入れてるんですけど……」

間。

店員1「すごいじゃないですか……」

女　3「これじゃ、ダメですか？」

店員1「いいと思いますよ……」

女　３「……」

間。

店員１「あの……これ、押していいですか？」
女　３「え」
店員１「本当に入ってるか、わかんないじゃないですか」
女　３「……」
店員１「確認とらないと……」
女　３「……」

店員1、スイッチを手に取る。

店員１「押しますよ」
女　３「……」

店員1、スイッチを押す。
『ウイーン』と微かにモーター音が聞こえる。
女3、恥ずかしそうに顔を隠している。

店員１「（女3の顔をじーっと見て）ほんとに入ってます？」
女　３「（うなずく）」
店員１「入ってるんだったら、もっと声出るんじゃないんですか？」
女　３「……」
店員１「あんまり気持ちよさそうには見えませんよ」
女　３「……」

店員1、女3に寄って行って、顔を覗き込む。

女3、顔を隠している。

店員1「（平然と）確認とりますね」

店員1、いきなり、女3の股を開こうとする。

女3、抵抗する。

女3「いや」

店員1「いやじゃなくて。確認とらないと、わかんないでしょ」

女3、激しく抵抗するが、店員1、女3の手を押さえつけて、無理矢理、スカートの中を覗き込む。

店員1「あ、入ってますね」

女3「……」

店員1、女3の股を開かせたまま……

店員1「気持ちいいですか？」

女3、段々、喘ぎ出す。

店員1「もっと声出していいですよ」

女3、喘ぐ。

店員1「スケベだったら、もっと声出すんじゃないですか？」

女3、喘いでいる。

店員1「そんなことじゃ、証明できませんよ」

女3、喘いでいる。

店員1「この後、参加できませんよ」

女3、喘ぎ声が高まって来る。

店員1「あなた、ドスケベなんですよね。ね」

女　3「(うなずく)」

店員1「だったら、もっと大きい声出して、ほら」

女3、さらに喘ぐ。

店員1「(甘く)そう。そう。きもちー?　ね?　きもちー?」

女3、さらに喘ぐ。

ドアが開いて、店員2、コンビニの袋を持って帰って来る。

店員2、女3の様子を見て、店員1と目配せして笑う。

テーブルに置いてあった店員1の携帯が鳴る。

店員1、リモコンを店員2に渡そうとするが、店員2、苦笑いして拒む。

店員1、携帯に出る。

店員1「はい。もしもし。あ、お久しぶりです。え、まじっすか。あ、すみません。あ、あ……ちょっと待って下さい」

女3、まだ喘いでいる。

店員1「ちょ、君」

女　3「(喘ぐのをやめて)」

店員1「もう、いいから……」

女　3「……」

店員1、電話しながら、従業員室に去る。

女3、恥ずかしそうに、自分でリモコンバイブのスイッチをオフにする。

店員2、キッチンで、買出ししてきたものを整理しながら、横目でそれを見ている。

インターホンが鳴る。

店員2「(出て)あ、はい。はえーよ。まだ、準備できてねーって。(笑って)あ、わかった。わかった。はい。はい(オートロックを開ける)」

女3、リモコンを鞄にそっとしまう。
それを横目で見る店員2。

店員1、戻って来て……

店員1「（店員2に）ちょっと出てくるわ……」
店員2「え、今からっすか？」
店員1「11時までには戻るから……店、頼むわ」
店員2「あ、はい」

　店員1、女3に寄って行き……

店員1「あ、君、オッケーだから」
女　3「……」
店員1「（無感情で）すごくよかったよ……がんばった。
　がんばった」
女　3「……」

　店員1、出て行く。

○三六

　それと同時に部屋のチャイムが鳴る。

店員1の声「はえーよ。ばか。サクラと思われんだろ……」
女　1の声「ああ……ごめんなさい」

　女1、部屋に入って来る。
　女3を見て、軽く会釈。
　女3も会釈。

女　1「怒られちゃった……」
店員2「はえーんだって。くんの」
女　1「だってやることないんだもん」
店員2「（笑う）」
女　1「（女3を指して）初めて？」
店員2「てめーで聞けよ」

女１「（ふざけて）いや、私も初めてだから……」
店員２「何だ。それ」
女１「いや、今週初めて……」
店員２「つまんねー」

女３は、気まずくて俯いている。

女１、カウンターの椅子に座って、自分の股間を気にしている。

店員２「え、何？　どしたの？」
女１「何か、この前から、ずっとマンコ痛いんだけど……」
店員２「（笑う）」
女１「何かね、痛がゆいの……」
店員２「あれだろ、ジェンキンスの仕業じゃねーの」
女１「あん？」
店員２「この前、おめーとやってた奴さ、超、ジェンキンスに似てたじゃん」
女１「ジェンキンス？」
店員２「超、うけたんだけど……」
女１「誰、それ」
店員２「おめー、さては曽我じゃねーの」
女１「誰だよ、それ。あ、ちょっとまじ痛いわ……」
店員２「（笑う）」
女１「何かできてんのかな……」

女１、バスルームに向かう。

店員２「どこ行くの？」

女　1「ちょ、見て来る」

店員2「ジャカルタ？」

女　1「何、それ」

店員2「ニュース見ろ。バカ」

　　女1、バスルームに入る。

　　女3、気まずくて黙って座っている。

　　店員2、女3を見て……

店員2「（グラスが空になってるのに気づき）何か飲む？」

女　3「え」

店員2「どっち？」

女　3「ああ」

店員2「え、え、どっち？」

女　3「あ、はい」

店員2「飲むのね……」

女　3「あ、はい」

　　店員2、首を傾げながら、カルピスウォーターのペットボトルを持って、女3の方に行く。

店員2「11時近くなったら、みんな、来っから」

女　3「ああ……はい……」

　　店員2、女3のコップにカルピスウォーターを注ぐ。

　　コップは白い液体で満たされていく。

　　女3、コップを手に取る。

店員2「ここすげーよ」

女　3「（店員2を見る）」

店員2「まじ、やりまくれっから……」

音楽。

女3、一瞬、顔が綻び、カルピスウォーターをゴクゴクと飲む。
店員2、その様子をにやけながら見ている。

暗転。

タイトル『愛の渦』

◎シーン3

テロップ『AM0：00』

音楽、そのまま流れて……

明転。

タオル一枚で、男1・2・3・4、女1・2・4、座っている。

みんな無言。

しばらくして、バスルームから、タオル一枚で、女3、恥ずかしそうに出て来る。

みんな、女3に注目。

女3、ゆっくりと男達の前を横切り、ソファーに座る。

音楽、フェイドアウト。

沈黙。

しばらくして……

男2、男3に小声で話しかける。

男　2「（男3に）（従業員室を指して）呼びに行かないんすか？」
男　3「え、俺が行くんすか？」
男　2「いや……」
男　3「え、俺が行ったほうがいいっすかね？」
男　2「どうですかね」

男3、立ち上がろうとした時、女1、立ち上がり、従業員室に行く。

男　3「あ、すみません」

女1、戻って来てソファーに座る。

しばらくして、店員2、来る。

店員2「あ、終わりました？」

女1、うなずく。

店員2「店長、電話してるんで。ちょっと待って下さいね」

長い間。

店員2は枝毛チェックをしている。

店員2「あ、あと……」
一　同「（店員2に注目）」
店員2「（一斉にみんな注目したので、軽く笑って）いや、あれ、途中で、カップルさんが参加したいって連絡来たんですけど……大丈夫っすか？　……ていうか、2、3時間したら来るんで……よろしくお願いします」

女　1「え、誰？　リョウタ？」

店員2「違う。違う」

女　1「ナオキ？」

店員2「初めて。初めて」

女　1「ああ」

店員2「つーか、ナオキって超懐かしいんだけど」

女　1「(笑う)」

店員2「あのツーブロックのやつでしょ」

女　1「そう。そう」

店員2「全然来なくねー？　最近」

女　1「この前、ドンキで見た」

店員2「まじで。何やってた？」

女　1「目覚まし時計とか買ってんの」

店員2「何、早起きしようとしてんだよ。あいつ……」

女　1「(笑う)」

間。

店員2「で」

女　1「いや、それだけ」

店員2「遊びに行ったりしなかったの？」

女　1「しないよ」

店員2「親友でしょ」

女　1「やめてよ。まじで」

一同、女1と店員2のやりとりを黙って聞いている。

店員1、従業員室から出て来るが、その場にぼーっと立っているだけで何も話さない。

店員2「え?」
店員1「あん?」
店員2「いや、説明……」
店員1「……は、まだなの?」
店員2「いや、待ってたんすよ」
店員1「つーか、おめー、やれよ」
店員2「何でっすか」
店員1「のど痛いわ。俺」
店員2「(笑って)いいから、お願いしますよ」

店員1・2、女1、笑う。

店員1「えー、まあ、今日、男性の方、皆さん初めてですので……あ、女性の方、お二人もそうっすね……」
女 4「(うなずく)」
店員1「あの……始めるにあたって、いくつか注意事項がございまして……(店員2に)あ、駄目だ。のど痛いわ」
店員2「(笑って説明するように促す)」
一 同「……」
店員1「えー、まずですね……男性の皆さん、エッチする時は必ずコンドームをつけてください……」
男 達「……」
店員1「上のプレイルームに、白い入れ物に入ったコンドームと青い入れ物に入ったコンドームが置いてあります。白い方が普通サイズで青い方はLサイズです。必ず、最初に普通サイズをつけて、小さかったら、Lサイズをつけてください。じゃないと、女の子の中で、とれちゃうことがあるんでね……」

男　達「……」

店員1「で、エッチ終わったら、男性の方は、必ず、コンドームを（ゴムを押さえる仕草）こうやって押さえて、おちんちんを抜いて下さい。たまに、女の子の中に、忘れて行かれる方、いらしゃいますので……」

一　同「……」

店員1「で、エッチし終わったら、必ず一度、シャワーを浴びて下さい。途中で、別の女性とやる場合も、必ずシャワーを浴びてから、お願いします。じゃあ……」

女　1「トイレ。トイレ」

店員1「ああ……トイレに行かれたら、必ず、シャワーを浴びて下さい」

一　同「……」

間。

店員1「じゃあ、最後に……男性の方……」

男　達「……」

店員1「女性の嫌がる行為はやめてもらって……。女性の意志を尊重して、エッチして下さい」

男達、軽くうなずく。

店員1「（去りながら）じゃあ、5時まで楽しんでって下さい」

店員1、従業員室に去る。

店員2「あっこの部屋に俺らいるんで、何かあったら、声かけて下さいね」

店員2、去ろうとして……

女　1「ちょっと……」

店員2「あん」

女　1「このお菓子まずいんだけど」

店員2「知らねーよ」

女　1「何か、別なの買って来て……」

店員2「は、今？」

女　1「今。今」

店員2「まじかよ」

女　1「いいじゃん」

店員2「（舌打ちして）」

店員2、玄関に向かおうとして……

女　1「5分で行って来て」

店員2「無理。無理」

女　1「まじで。まじで。はい。ヨーイ……」

店員2「はい。はい」

店員2、玄関に向かおうとして……

女　1「そんなゆっくり歩いてたら間に合わないよ」

店員2「間に合わせる気ねーもん」

女　1「は？　何、それ？」

女1、場の雰囲気が悪くなるのが嫌で、執拗に店員2に話しかけているようだ。

店員2、女1が話しかけるのを無視して、外に出て行く。

女　1「ちょっと……」

店員がいなくなって一気に場が静かになる。

長い沈黙。

誰も話そうとするものはいない……。

男4の携帯、いきなり鳴る。

みんな、それに注目。

焦って、男4、それを消す。

また沈黙。

しばらくして……

女2と女4、顔を見合わせる。

この場の雰囲気に耐えられなくなって、軽く笑い合う。

女　2「え、初めてなんですか？」

女　4「あ、はい」

女2「ああ……」
女4「初めてですか?」
女2「あ、私は2回目です……」
女4「あ、そうなんですか……」
女2「あ、はい」
女4「え(女1に)けっこういらしてるんですか?」
女1「ああ……うん」
女4「どれくらい来てらっしゃるんですか?」
女1「(さらっと)週5」
女4「すごいですね」
女1「ああ……うん」
女2「(女3に)え、初めてですか?」
女3「あ、はい……」

女2、ジュースを飲もうと手を伸ばすと、女4と手が重なる。

女2「え」
女4「え」
女2「今、飲もうとしてました?」
女4「いや、違います」
女2「あ、そうですか」
女4「どうぞ」
女2「(女1)え、これ飲んでいいんですよね」
女1「うん。飲み放題」
女2「(女4に)飲みますか?」
女4「あ、いえ……」
女2「(女3に)飲みますか?」
女3「あ、大丈夫です」

女2、コップにジュースを注ぐ。
女1もコップにジュースを注ぐ。
男達、女達の様子をさりげなく見ている。
男2と男3、女達を気にしながら……

男3「あ、どうも」
男2「あ、どうも」
男3「初めてですか？」
男2「あ、はい」
男3「僕も初めてで……」
男2「あ、そうっすか」
男3「仕事帰りだったんすか？」
男2「ああ、はい」
男3「大変すね」
男2「ああ、まあ」
男3「明日は、仕事ないんすか？」
男2「あ、ありますよ」
男3「え、今日は、朝まで？」
男2「ああ、寝ないで行きますんで」
男3「大変すね」
男2「ああ……まあ」

女達は女同士で当たり障りない会話をしながら、男達の話をさりげなく聞いている。

男3「(男4に) あの……すみません」
男4「あ、はい」
男3「ここ、初めてですか？」

男4「あ、はい」

男3「仕事帰りだったんすか？」

男4「ああ、はい」

男3「今日は、朝まで？」

男4「ああ、まあ、一応……」

男1は男達と会話するのにあまり興味がなく、しきりに女達を気にしている。

しばらく、女と男、別々に会話する。。

男も、女も、お互いを意識しているが、わざと気にしてない素振り。

その状態がしばらく続いて……

女1「さっき、来る時、そこで波田陽区見た」

女2「(大袈裟に)ほんとですか？」

女1「(反応がよすぎて、ちょっとひいて)あ、うん」

女2「私、波田陽区、超好きなんですよ……CDも持ってて」

女1「(興味なさそうに)あ、そうなんだ」

女2「(女4に)好き？ 波田陽区？」

女4「あ、割と好きですけど……」

女2「ギター、持ってました？」

女1「いや、持ってなかった」

女2「ああ、そうなんだ」

女4「いっつも持ってるわけじゃないんですね……」

女3は、話に加われないで、うっすら笑っているだけ。

その話を聞いていた男達。

男3「（男4に）あの……お笑いとか、好きですか？」

男4「ああ、まあ、好きですけど……」

男3「ギター侍とかは？」

男4「ああ……好きです」

男3「『残念！』って、あれは衝撃的でしたよね」

男2「（話題に似つかわしくなく真剣に）そうっすね」

男4「（女達を意識してわざと聞こえるように）あの……僕、波田陽区はけっこう売れる前から知ってて……」

男3「あ、そうなんですか」

お笑いの話をしていた女達も、話をやめて、男4に注目。

男4「波田陽区って昔、ハダヨウクだったんすよ」

男3「ハダ？」

男4「何か、番組プロデューサーの意向で変えられちゃったみたいなんですけど」

男3「ああ、何でなんすか？」

男4「いや、そこまでは知らないんですけど」

男3「濁点がだめだったんですかね」

男4「だから、詳しくは知らないんですけど」

男3「ああ……」

間。

女達、また、話し出す。

女１「……波田陽区とかは……絶対すぐ消えるから……」
女２「え、そうですか」
女１「ヒロシも、もって半年だね……」
女２「え、私、ヒロシも超好きで……」
女１「ああ、そうなんだ」
女２「（女４に）どうですか？」
女４「あ、割と好きですね」
女２「私、あれも好きですよ。アンガールズ」
女１「誰、それ？」
女２「え、知らないですか？」
女４「あれですよね。（軽く身振りしながら）ジャンガジャンガですよね」
女２「そう。そう」
女１「え、何、それ？」
女４「ネタやった後に、必ず、（軽く身振りしながら）こうやってやるんですよ」
女１「え、それ、面白い？」
女２「実際やってるの見ると、すっごい面白いですよ」
女１「（興味なさそうに）へー」
女２「（女４に）ね」
女４「あ、はい」

女３は相変わらず、話に加われない。

男達、その話をさりげなく聞いていて、小声で話し出す。

男３「（独り言のように）アンガールズか……」
男４「僕、けっこう好きですね」

男2「（アンガールズの身振りをして）こうやってやるんすか？」
男4「あ、はい」
男2「え、何て言うんでしたっけ？」
男4「え」
男2「こうやって、やりながら……」
男3「ジャンガジャンガです」
男2「え」
男3「（ちょっと声を張って）ジャンガジャンガ」
男2「ああ」

男1、他の男達が話してるのを無視して、ゆっくりと女達の方に寄って行く。

男2・3・4は、それに注目。

女1・2、男1が近付いているのは気づいているが、素知らぬ顔でお笑いの話を続けている。

女3・4は女1・2の話を聞きながらちらちらと男1を見る。

男1、テーブルの近くに座り、女1と女2が話しているのを聞いている。

女1・2、無視して会話。

男2も、男1の後ろについて行き、女達の話を聞いている。

男3もそれを見て、女達の方に行こうとするが行けず……

女1「（男1を意識しながら）何か、お笑いブームとか言ってるけど、絶対、あと半年だから……」
女2「（男1を意識しながら）え、そうかな」

男1「（うなずいている）」
女2「え、じゃあ、次、何のブームが来るのかな」
女1「また、バンドブームとか来るかもね」
女2「ああ、こういうのって、ぐるぐる、回ってる感じですもんね……」
男1「そうっすよね……。回ってますよね……」

女1・2、男1を無視。

女1「あれじゃん。オレンジレンジとかすごい人気あんじゃん」
女2「私も今、言おうと思ってました」
女1「え、あれってロックなの？」
女2「ロック。ロック」
男1「いや、あれは、ミクスチャー系になるんじゃないですか」
女1「（女2に）何、それ？」
女2「（首を傾げる）」
男1「ロックとヒップホップが合わさった感じの……」
女1「（男1と目を合わさないで）ああ」

女1・2、男1を無視してまた話し出す。
男1、苦笑い。
男1と女4、目が合って、会釈。

男1「どうも」
女4「あ、どうも」
男1「初めてっすか」
女4「あ、はい」
男1「僕も初めてなんで……」

女4「ああ……よろしくお願いします」
男1「あの、じゃあ、初めて同士で同盟くみません？」
女4「（笑って）あ、はい」
男1「まじっすか」
女4「是非」
男1「何ていう同盟にします？」
女4「ああ、何にしましょうか」

男1と女4、二人だけで話し出す。

女1・2、二人のことを気にしていない素振りで話をしている。

女3を挟んで、男1と女4は話している。

女3は気まずく黙っているだけ。

男2・3、女達と話すのをあきらめて、二人で話し出す。が、会話は上の空で、たまにちらちら女達の方を気にしている。

男1「あの……誰かに似てますよね」
女4「え？」
男1「あのグラビアによく出てる」
女4「誰ですか？」
男1「あれ、（名前）出て来ない……」
女4「あの……私も、入って来た時から思ってたんですけど、」
男1「あ、はい」
女4「（ちょっと照れながら）私の元彼にすごい似てるんですよ」
男1「まじっすか」
女4「何か、笑った時の皺の感じとか」

男1「じゃあ、合格ラインいってるってことですか」
女4「そういうことになりますよね」
男1「(さむい感じで) やったー」
女4「(それに乗って) やったー」

男1と女4、段々打ち解けて来る。

女1と女2は男1と女4を意識しながら適当な会話。
男2と男3も男1と女4を意識しながら適当な会話。

その状態がしばらく続いて……

男4、いきなり立ち上がる。
男1と女4以外、男4に注目。
男4、トイレに行く。

女1と女2、顔を見合わせる。

女2「(女1に小声で) え、あれ、いいの?」
女1「ああ」
女2「あれだよね。『また (シャワー浴びなきゃいけない)』だよね」
女1「ああ……」

男1と女4はいい雰囲気になっている。
みんなそれには気づいているが素知らぬ顔で会話を続けている。

男1「(小声で) あの……」
女4「はい」
男1「いや……」

女4「え、え、何ですか？」

男1「あの……」

女4「はい」

男1「もしよかったらでいいんですけど……（照れて笑いながら）上に行きませんか？」

女4「（照れ笑い）」

男1「ダメですか？」

女4「（首を振って）」

男1「（にやける）」

女4「私でよければ……」

二人、照れ笑い。

他のみんな、素知らぬ顔で会話。

男1と女4、なかなか立ち上がれず、戸惑っている。

女4「（小声で）え、え、どうします？」

男1「いや……」

女4「（どうしようもなくなって笑う）」

男1「（女1を指して、『聞いてみる？』とジェスチャー）」

女4「（うなずく）」

が、女4、なかなか女1に話しかけれない。

女1と女2の会話が一瞬止まった時……

女4「（女1に）あの……」

みんな、女4に注目。

男1、女4、みんなが注目したので照れ笑い。

女4「(女1に)あの……これって……勝手に……あれしても大丈夫なんですかね」

女1「え」

女4「いや、え、あの……先に……上に行ってもいいんですか?」

女1「あー」

女4「……」

男1「え、え、どうなの?」

女1「あー。ちょっと、わかんない」

男1「いや、まじで。まじで」

女1「わかんないって」

男1「そういうのいいから、まじで教えて」

女1「ほんとにわかんない」

男1「(いきなり切れて)な、わけねーだろ。おめー、常連だろ。わかんじゃん」

女1「いや、いいと思ったらいいんじゃん」

男1「意味わかんねーから。それ」

女2「あの……この前の時は、男の人同士で何か話し合ってましたけど……」

男2・男3「……」

男4、トイレから出て来る。

場の気まずい空気に気づいて、そーっとさっき座ってた所に戻り、座る。

男1「(男達を指して女2に)つーか、何もしてねーじゃん、こいつら」

女2「ああ」

男1「何で、話しかけたりしねーの」
女2「わかんないよ。そんなこと」
　間。
　男1、振り返って……
男1「（男達に）先、いいっすか？」
　男3人、顔を見合わせて、うなずき……
男3「（平静を装って）あ、いいっすよ」
男1「ああ、そうっすか……」
　間。

　男1、女4、まだ行くのをためらっている。
女1「とっとと、行ったら」
女4「あ、はい」
　男1と女4、照れながら立ち上がり、のそのそと上に向かう。
　階段に登る途中で、男1、引き返し……
女4「え、何、何」
　男1、テーブルの上の携帯とタバコを取って女4のところに戻る。

女４「ああ……」

二人、階段を登り、プレイルームの様子を見て、照れ笑い。

他の者は、２階を見上げ、二人に注目している。

それに気づいて、男１、女４、プレイルームのロールカーテンをおろす。

プレイルームの様子は見えなくなる。

間。

カーテンの向こうから、二人の笑い声が聞こえてきて……

男１の声「ちょ、何だよ。あれ。まじ、きまじーよ」

女４の声「いいんですよね。先に来ちゃって」

男１の声「いいでしょ」

女４の声「みんな、何で来ないんですかね」

男１の声「まじ終わってんだけど……あいつら」

気まずい間。

店員２、玄関から戻って来て、女１に『買って来た』とジェスチャーして、キッチンに行く。

女１、カウンターに行く。

店員２「(買って来たお菓子を出して) これでいいっしょ?」

女１「何これ。センスないわ」

店員２「は」

女　1「首だわ。あんた」
店員2「自分で買ってこいよ」
女　1「私、店員じゃないもん」
店員2「(舌打ち)」

女2、話す人がいなくなったので、女1と店員2のやりとりを見ている。
女2、二人の話に加わりたいが、加われない。
しばらくして、男2、さりげなく女2の方に寄って行く。
女2、それに気づいているが、知らん顔で女1と店員2の方を見ている。
女1、お菓子を持ってテーブルの方に行く。

男2と目が合う。

女　1「……」
男　2「……」

女1、テーブルにお菓子を置く。

女　2「(男2を意識しながら)新しいの買ってきたんだ」
女　1「あ、食べていいよ」

女1、またカウンターに行く。
女2は男2を無視して、また女1と店員2の方を向く。

女　1「この前の写真は?」
店員2「は」

女１「え、どこにあんの？」
店員２「（従業員室を指す）」
女１「ちょ、見せて。見せて」
店員２「つーか、とっとと（セックス）やれよ」
女１「いいから。いいから」

女1と店員2、従業員室に消える。
女2、二人がいなくなったので、気まずい。
女2、男2に気づいているが、素知らぬ顔でお菓子を食べる。

男２「あの……」
女２「（わざとらしくびっくりして）あ、はい」
男２「けっこう、ここ来られるんですか？」
女２「ああ……2回目ですけど……」

男２「ああ」
女２「はい」

間。

男２「あの……」
女２「はい」
男２「お仕事、何されてるんですか？」
女２「え……ていうか……そっちは？」
男２「普通のリーマンです」
女２「あ、そうですか」

気まずい間。

男2、ぎこちなくテーブルのお菓子を取ろうとすると、いきなりバスタオルがはだけてしまい、下半身が露になる。

男２「あ、やべ」
女２「(笑う)」
男２「すみません」
女２「(笑っている)」
男２「え、面白かったですか？」
女２「ちょっと見えちゃって……」
男２「ああ」
女２「(笑う)」

男2と女2、笑い合う。

男２「初めて笑ってくれましたね？」
女２「え」
男２「いや、さっきから、ずっと険しい顔してたから……」
女２「え、ていうか……そっちが……」
男２「ああ……」
女２「……」
男２「いや、あの、もう言いますと……わざと素っ気なくしてたんすよ」
女２「ああ」
男２「どうしていいか、わかんなくて……」
女２「いや……あの……私もです」
男２「(笑って) ああ、そうっすか」
女２「ていうか……何回か、目、合いましたよね」
男２「あ、はい」
女２「ですよね」

男２「わざとそらしたりしてましたよ」
女２「あ、そうそうそう。私も」

男２と女２、打ち解けてくる。
そのやりとりを羨ましそうに見ている男３・４。

女２「（隣を指して）座ります？」
男２「あ、はい」

男２、ソファーに座る。

男２「いや、すげー、緊張してて……。今、すげー、がんばって話かけたんですよ」
女２「あ、がんばってるなーって思ってました……」
男２「（笑う）」

女２「（笑う）」
男２「あー、だけどほっとしました……」
女２「ていうか……もっとはやく、話かけて下さいよ」

女２、さりげなく男２の膝に手を置く。
男２、それを意識して……

男２「いや、すげー、かっこ悪いっすね」

男２、さりげなく、女２の手を握る。

女１、戻ってくる。
女１、二人の様子を見て、ソファーに座ろうとしたがやめてカウンターの椅子に座る。

間。

女２「（気まずくてわざとらしく）このお菓子おいしいね」
女１「ああ……」

女2、ジュースをくもうとする。
が、男2と手をつないでいるため、くみづらい。

女２「（わざと素っ気なく）ちょっと、ごめんなさい」
男２「ああ……」

男2、手を離す。

その時……

プレイルームから、女4の喘ぎ声が聞こえて来る。
男1と始まったようだ。
みんな、上を見上げる。

女1は急ぎ足で階段を登り、二人の様子を見に行く。

気まずい間。

女4の喘ぎ声がしばらく部屋に響き……

女２「あの……」
男２「あ、はい」
女２「上、行きません？」
男２「え」
女２「だめですか？」

男2「いや、だめじゃないです……」
女2「ああ……そうですか……」

女4の喘ぎ声、高まって来る。

男2「今、行っていいんですかね……」
女2「え」
男2「いや……」
女2「……」
男2「……」
女2「あの……」
男2「はい」
女2「人から、見られるのとか平気ですか?」
男2「ああ」
女2「ダメだったら、みんなに言っておいた方がいいと思うんですよ……見られちゃうんで……」
男2「ああ……大丈夫です」
女2「あ、そうですか……」
男2「ああ……はい」

間。

女2「え」
男2「ん?」
女2「え、(いきなり、ため語で)じゃあ、行こう」
男2「ああ……はい」

男2、女2、立ち上がろうとすると……
女1、2階から戻って来て、カウンターの椅子に座る。

女　２「（女１にさりげなく）このお菓子、やっぱりまずいかも」

女　１「（別のお菓子を差し出して）じゃあ、違うの食べる？」

女　２「（咄嗟に）ああ、いい」

女　１「あ、そう……」

男２と女２、顔を見合わせて、ゆっくりと立ち上がる。

女１、それに注目。

女２、ソファーのところから出ようとするが女３が邪魔で、なかなか、そこから出られない。

女３、結局、一回、席から外れて、道をあける。

女　２「あ、ごめんなさい」

男２は男３・４を気になっているが、わざと素っ気なく、前を取り過ぎ、上に向かう。

女２は女１を気にしているが、わざと目を合わせないようにして上に向かう。

二人、階段を登り終え、プレイルームの様子を見て、笑う。

二人、プレイルームに入る。

男３・４、女１・３が残り……

気まずい間。

女４の喘ぎ声高まり、頂点に達する。

男１、いったようだ。

静まり返った室内。

沈黙。

しばらくして……

男3「(わざとらしいため息)あー」

男3、さりげなく立ち上がり、テーブルの方にゆっくり向かって行く。

女3、それを気にしてない素振り。

それを見て、ゆっくり、男4も立ち上がる。

男3、振り返り、男4と目が合い……

男3「?」

男4「……」

二人、しばらく探りあって……

男4、女1のところにゆっくり寄って行く。

男3はどうしようもなくなり、黙ってその様子を見ている。

男4「あの……」

女1「(男4を見て)ん」

男4「あの……上に行きませんか?」

女1「……」

男4「だめ?」

女1「……」
男4「どっち？」
女1「……いいよ」
男4「(男3を見て、微笑む)」
男3「……」

男4、女1の手を取ろうとして……

女1「あのさ……」
男4「はい」
女1「トイレ行ったでしょ……シャワー浴びてよ」
男4「え」
女1「おしっこ、ついてる」
男4「ああ……」
女1「……」

男4、男3を見て、照れ笑いをし、バスルーム入る。
今度は、上から女2の喘ぎ声が聞こえてくる。
女1、再び階段を駆け上がり、プレイルームを見に行く。
男3、女3、二人きりになる。
女2の喘ぎ声が室内に響く。

間。

男3「あの……」
女3「……」
男3「初めてですか」

女3「(うなずく)」
男3「俺も初めてで……」
女3「ああ」
間。
男3「よく来るの？　ここ」
女3「あ、初めてです」
男3「あ、そっか……」
間。
男3「あの……ごめんね……何か声かけるの遅くなっちゃって」
女3「いや、私、可愛くないから……。嫌なのかなと思って……」
男3「違う。違う。俺が、なんかびびっちゃって……」
女3「ごめんなさい。あんま可愛くなくて……」
男3「(苦笑いして) いや、そんなことないって……」
間。
男3「あ、何か、飲もうか」
女3「(うなずく)」
男3、女3の隣に座り、ジュースを手に取り、コップに注ごうとした時……
いきなり、女3、ぎこちなく男3をソファーに押し倒し、激しく求める。
それは見るからに、あまり経験がない女の様相。

男３「(唖然として) ちょ、ちょっと」
女1、降りてくる。
二人、動きが止まる。
女1、二人の様子を見るが、無反応。
カウンターの椅子に座ってタバコを吸い出す。
女3、女1がいるのを無視して、また男3を抱き締めようとして……
男３「あのさ……上、行かない？」
女３「……」
男３「ね」
女３「(うなずく)」

二人、恥ずかしそうに立ち上がり、上に向かう。
男3、手をつなごうとするが、なかなかできない。
女3、それに気づいて……
男３「(苦笑いして) あ、いい？」
男3、女3、手をつないで階段を上がって行く。
シャワールームから、男4、出て来る。
男3と女3が上に消えて行くのをじーっと見ている。
間。
男４「あ、あの……」

女1「ん」
男4「シャワー浴びましたけど」
女1「ああ」

間。

男4「え、あの……」
女1「ん」
男4「いや……あの……上に行きませんか？」
女1「ああ」
男4「……え、ダメ？」
女1「（吸っていたタバコを指して）これ吸ってからで
いい？」
男4「ああ……」

間。

男1と女4、汗だくで上から降りてくる。
二人、立ち往生している男4を見て、軽く会釈。
男4も会釈。

男1と女4、ソファーに座る。

女1、タバコを消してそそくさと上に行く。
男4、慌てて、その後を追う。
その様子を見ている男1、女4。
女1、男4、プレイルームに消える。
セックスが終わった脱力感で、ぼーっとする男1、
女4。

〇七二

会話はない。

しばらくして、上から女3の激しい喘ぎ声が聞こえてくる。

女3の声「あ、あー！　いくー！　いくー！」

男3の声「(荒い息づかい)　はー。はー。はー」

男1、女4、上を見上げる。

音楽。

暗転。

⊙シーン4

テロップ「AM1：30」

明転。

みんな、一回戦を終えた疲れで、まったりしている。

男1・2・4、女2・3・4はシーン3と同じ位置に座っている。

女1はカウンターの椅子に座り、タバコを吸っている。

間。

店員2、従業員室から出て来る。

店員2「寒くないっすか？」

みんな、うなずく。

店員2「（さらっと）もう、みんな、やりました？」

ちょっと間があって……みんな、うなずく。

店員2「あ、そうっすか」

店員2、トイレに入る。

女4、何かを探している。

女4「あの……ピンクの携帯知りませんか？」

一同「……」

女4、2階に行く。

男3、バスルームから出て来る。

みんな、それに注目。

男3「(男達に) あ、次、いいっすよ……」

男達「……」

男3「(男2に) 浴びました？」

男2「はい。とっくに……」

男3「ああ……」

男2「みんな、浴び終わったんじゃないっすか……」

男3、座って……

男3「シャワー、出、悪いっすよね」

男2「え、そうっすか」

男3「ああ……」

間。

女4、携帯電話を持って上から戻って来て……

女４「(苦笑いして) あの……上……ゴムがいっぱい落ちてました……」

一同「(苦笑い)」

女4、ソファーに座る。

長い間。

男２「(沈黙に耐えきれず) あの……」

みんな、男2に注目。

男２「みなさん、何されてる方なんですか？」

一同「……」

男２「あ、聞いちゃまずかったっすか……」

女２「いや、大丈夫ですよ……」

女４「(女3に) 何されてる方ですか？」

男３「(女3に注目している)」

女３「大学生……です」

女４「ええ、そうなんだ……」

男１「(さらっと) 大妻？」

女３「あ、違います……」

男１「え、どこ？」

男３「(女3に) 言いたくなかったら、言わなくていいよ」

男１「いや、俺も大学生なんで」

女４「ええ、そうなんですか。どこですか？」

男１「え…… (ちょっと考えて) あれ……言っていいか迷うな」

女４「今、聞いてましたよね」

男１「ちょっとやめときますわ……」
女４「(苦笑い) ああ、はい……」
男１「え、何やってるんすか?」
女４「あ、普通のＯＬです。ごめんなさい。つまんなくて」
男２「(女２に) え、で……」
女２「……私は……あの……保母さんです……」
男２「ああ……」
女２「え? 見えませんか?」
男２「いや、こういうとこだと……ちょっと……ね」
女２「私、同じ保育園の人に誘われてここ来たんですよ」
男２「(苦笑い) ああ」
男１「(男２に) え、で」
男２「あ、サラリーマンです」
男１「あ、そっか……」
女４「(男４に) 何されてるんですか?」
男４「僕は……あの……工場で働いてます……」
男２「え、何つくってるんすか?」
男４「携帯なんですけど……」
女４「えー、携帯作ってるんですか、すごーい」
男４「あの……枠の部分なんすけど」
女４「ああ……そうなんだ。(小さく) すごーい」
男４「……」
男２「(男３に) 何、やられてるんですか?」
男３「え」
女２「学生さんですか?」
男３「あ、いや……」

【1】

男２「え、え、何ですか?」
男３「あ、いや」

【2】

女4「（女1に）え、何されてるんですか？」

女1「え」

女4「お仕事」

＊【1】【2】同時進行。

女1「（強く）どうでもよくない？……そんなこと」

みんな、女1に注目。

女4「ああ……」

気まずい間。

男3「今、何時ですか？」

男2「（携帯を見て）ああ、一時半ですね……」

男3「ああ……」

間。

女2「何か寒くないですか？」

女4「……そうですか？」

女2「（呟く）暖房入れてもらおうかな……」

長い間。

女4「（間に耐えられなくて）あの……みなさん、出身とかはどこなんですか？」

女2「(笑って)え、何で」
女4「いや、どこなのかなーと思って……」
女2「(苦笑いして)ああ……」
女4「え、どこですか?」
女2「私は広島ですけど」
女4「ああ……そうなんですか……」
男1「え、じゃあ……カープファンなんですか」
女2「いや、違いますけど……」

それ以上会話が続かない。

男1「ああ……」

間。

店員2、トイレから出てくる。

女2「あ、すみません。暖房入れてもらっていいですか」
店員2「ああ、はい」

店員2、暖房を入れ、従業員室に去る。

男3、立ち上がって、トイレに向かう

男2「え」
男3「ん」
男2「トイレっすか……」
男3「え、(シャワールームを見て気づいて)ああ……」

男3、トイレに行かず、座る。

長い間。

女4「(間に耐えられなくて女2に) 4月なのに寒いですよね」

女2「そうですね」

男2「(女2に) 今年、花粉とか大丈夫でした?」

女2「私は、全然平気なんですよ」

女4「うらやましー」

男1「え、花粉症なんですか?」

女4「あ、はい」

男2「(男1に) きついですよね。花粉症」

男1「いや、僕は違うんですけど」

男2「ああ……」

女4「(女3に) え、花粉とか大丈夫ですか?」

女3「あ、大丈夫です」

男2「(男3に) え」

男3「ああ、大丈夫ですね」

女4「(男4に) 花粉症ですか?」

男4「いえ、違います」

女4「ああ……」

男2「あれ、あんま、いねーな」

女4「(苦笑い)」

花粉症の話、全然盛り上がらない。

間。

男2「(男1に) 何か、会話ないっすね……」

男1「(苦笑いして) ああ……」

間。

女４「（能天気に）あの……あれじゃないですか……何かこういうところだから、もっとエッチぽい話をしたほうがいいんじゃないですか？」

一同「……」

女４「え、え、違います？」

男３「あー、でも、そんなことばっかり……あれしても……」

女１「え、ほんとそう思ってるの？」

男３「え」

女１「それ、おかしいよ」

男３「……」

女１「おかしーって」

男３「いや……」

女１「（強く）だって、ここ、スケベな人しかここ来ちゃいけないんだよ」

男３「……まあ……はい……」

気まずい間。

みんな、何も言えず黙っている。

女２「（みんなに）え、え、どうします？」

間

女２「え、どうすればいいの？」

女１「いや、私に聞かないでよ」

間。

女2「（気まずい空気に耐えられなくなって）あの、え、じゃあ、あの、何か……あれ……エッチな話でもしましょうか？」
一同「……」
女2「（みんなが無反応なので慌てて）え、え、あれなんですよね、みなさん、あれ、あの……スケベなんですよね」
一同「……」
女2「（男2に）ね」
男2「ああ……はい……ばりばりスケベです……」
女2「（男1に）ね」
男1「はい……めっちゃスケベです」
女2「（顔が綻んで）そうですよね。だから、こういうところに来てるんですもんね」
男1「つーか、さっきから、ずっとつまんねーなーと思ってたんで」
女2「私もです……」
女2、微笑む。
女2「（吹っ切れて）あの……保母さんて……スケベな人が多いって一般的に言われてるじゃないですか。実際、そうで。もちろん、私もすごいスケベなんですね」
一同「……」
女2「私、かっこいい人を見ると、その人とすぐエッチしてる自分の姿を想像しちゃうんですよ……（女4に）おかしいですか？」
女4「……」

女2「(女4に) え、え」

女4「(恥ずかしそうに) いや、あの……私もです……」

女2「(笑う)」

女1、楽しそうにそれを聞いている。

女2「(男1に) あの……」

男1「はい」

女2「(照れて) さっきやってるとこ見てたんですけど」

男1「あ、はい」

女2「あの……あれ……(言うのをためらって) あそこ大きいですね」

男1「ああ……」

女2「何センチくらいあるんですか?」

男1「あ、ちょっとわかんないっすね。測ったことないんで……」

女2「ああ」

男1「はい」

間。

女2「あの……」

男1「はい」

女2「(恥ずかしそうに) できれば……あの……次……やりたいんですけど……」

男1「(にやけて) ああ……はい」

女2「大丈夫ですか?」

男1「あ、はい」

女2「あ、あの……私とやりたいと思いますか?」

男1「え」
女2「いや、どうなんだろうなーと思って」
男1「ああ……」
女2「(男1を見ている)」
男1「あの……」
女2「はい」
男1「……めっちゃやりたいです」
女2「(照れて笑う)」
男1「(いやらしく笑う)」
女2「何かしてほしいこととかありますか?」
男1「え」
女2「言ってくれたらやりますけど……」
男1「え、そっちは?」
女2「(いきなり、ため語で)言ったらやってくれる?」
男1「(甘く)やるよ」

男1と女2、照れて笑い合って……

女2「あの……できれば……(ためらって)お尻の穴、舐めてほしいんですけど……」
男1「(下品に笑う)」
女2「ダメ?」
男1「(甘く)いいよ」

女2、恥ずかしくて顔を隠している。
男1、下品に笑っている。

男2「(突然、女4に)あの……次いいっすか?」
女4「(笑って)え」
男2「ぶっちゃけ、僕、あなたみたいな可愛いことやったことなくて……」

女4「(照れて) ああ」

男2「いやー、可愛いっすよね」

女4「(照れて) いえ、そんな……」

男4「あれですか……やっぱあそこも可愛いっすか?」

女4「(照れ笑い) えー?」

男1と女2も笑う。

男2「いいっすか。いいっすか。次」

女4「あ、はい」

男2「まじっすか。僕、ほんとがんばります。何でもしますんで……」

女4「(笑って) よろしくお願いします」

男3、女3が俯いているのに気づいて……

男3「(女3に) 大丈夫?」

みんな、女3に注目。

女2「え、え、もしかして、ひいてる?」

女3「あ、いや……」

女4「え、え、ほんとに大丈夫?」

女3「いや……あの……ほんとに正直に言いますと……そう見えないかもしれないですけど……自分でも変だなって思うくらい、今、すごい楽しいんですね」

一同「……」

女3「あの……だから、大丈夫です……」

一同「……」
女３「大学の友達とかも興味あるくせに、かっこつけてそういう話全然しないし。（いきなり、きつい口調で）つーか、まじあいつらうざいから」
一同「……」
女３「あ、すみません」

間。

女３「（男３に）今、楽しくないですか？」
男３「（微笑んで）いや、楽しいよ」
女３「（軽く微笑む）」

みんな、ちょっとしんみりする。

女１「（いきなり男４に）あのさ……」
男４「あ、はい」
女１「あんたさ……初めてだった？」
男４「え」
女１「違うの？」
男４「いや」
女１「やり方めちゃくちゃだったからさ」
男４「……」
女１「ちょっと、まじで言って」
男４「いや……」
女１「まじで。まじで」
男４「……」

みんな、男４に注目している。

男４「あ、すみません……あの……いや……初めてでした……」

女１「(軽く笑いながら) ああ……」

気まずい間。

男４「(突然、女1に) あの……」

女１「ん」

男４「(興奮して) お、おっぱい、すごい大きかったですね……」

女１「(軽く笑って) ……ありがとうございます」

男4、これ以上ないスケベ面で笑う。

一同、顔が綻ぶ。

音楽。

暗転。

◉シーン5

テロップ「AM2：30」

明転。

男1と女2、ソファーに座ってくつろいでいる。

男2と女4、汗まみれで上から降りて来る。

男1「お疲れっす」

男2「あ、どうも」

女4「私、シャワー行ってきます」

女4、バスルームに入って行く。

プレイルームでは男4と女1、男3と女3がセックスをしている。

その様子がリビングから見える。

女3の激しい喘ぎ声が聞こえて来る。

男2「(笑って) すげーな。おい」

男1「やばいっすよね」

男2「めちゃくちゃスケベですよね。あのコ」

男1「次、ぜってーあのコとやろう」
女2「つーか、何でまたあの人とやってんの」
男2「いや、またやりたいみたいなこと言って」
女2「え、あのコが」
男2「いや、男が」
女2「ああ……そうなんだ」
男1「童貞と常連も、またやってんでしょ」
男2「まあ、あそこはいいんじゃないですか」
男1「(笑って)次、あの女(女1)とやってくださいよ」
男2「え」
男1「チャレンジしましょうよ」
男2「無理無理」
女2「(笑う)」
男1「(笑って)つーか、つーか(バスルームを指して)あいつマグロじゃなかったすか?」

男2「(笑って)ああ」
男1「やばいでしょ。あれ」
男2「まじ萎えましたよね」
女2「あの子、そうなんだ」
男1「あいつ、金玉舐めなくなかったすか」
男2「ありえないっすよね」
女2「だめじゃん」
男1「金玉はマストですよね」
男2「舐めなければ……ならない……ですよね」
男1「で、すげークサマンでしょ」
男2「(笑う)やばかったっすね」
女2「え、それってマンコがくさいってこと?」
男1「舐めました?」
男2「できない。できない」
女2「(笑う)」

男1「あれで、可愛くなかったら、殺してますよね」
男2「そうっすね」
女2「(無感情に) あー」
男1「いや、でも、ああいう可愛いやつに限って……
つまんねーセックスするんすよね……」
男2「ああ……わかります。わかります」
女2「(男2に) え、え、つーか、あのコ可愛い?」
男2「ん?」
女2「私、全然、そう思わないいんだけど……」
男2「ああ」
女2「(男1に) 可愛いかな?」
男1「え、可愛いんじゃん」
女2「私の友達とかで、もっと可愛い子いっぱいいいる
から……」
男1「ああ……」
女2「(首を傾げている)」
男1「(女2に) だけど、自分も可愛いじゃん」
女2「(知ってるくせに) え、誰が?」
男1「いや (女2を指して)」
女2「ああ……そんなことはないけど……別に……」
店員2、従業員室から来る
店員2、リビングの方に来て……
店員2「なじめました?」
男1「あ、はい」
店員2「最初、びびってたっしょ」
男1「(苦笑いして) ああ……」
店員2「いや、今日、あたりっすよ」
男1「あ、そうなんすか」

店員2「可愛い子ばっかでしょ」
男　1「ああ……そうっすね」
女　2「あのさ、あのコ、可愛いと思う？」
店員2「え、誰？」
女　2「あれ……あの……」
男　2「髪長い……」
店員2「え、あのコ？　超可愛いじゃん」
女　2「あ、そう」

店員2、座って……

店員2「で、何回やったんすか？」
男　2「いや、2回っすね」
店員2「5回くらいやんないともったいないっすよ」
男　2「無理、無理」

店員2「いや、できる。できる。気合いで」
男　2「(笑って)まじっすか」

女3の激しい喘ぎ声が聞こえてくる。
プレイルームに注目。

店員2「(笑って)すげーな。あのコ」
男　1「やばいっすよね」
店員2「ああ、超やりたくなってきたんだけど……」
男　1「まじったらいいじゃないっすか……」
店員2「やったらだめだって、店長に言われてんすよ」
男　1「ああ」
店員2「あいつ、すげー、うざいんすよ。趣味とかも悪いし。俺、もっと、ここクラブっぽくしたいんすよ。DJとか呼んで。踊ってやれるみたいな……」

男　１「かっけーっすね」
店員２「まじで、あいつ殺す計画たててるんで……」
男　１「(笑う)」

店員2、お菓子を食おうとして……

店員２「うわ、何これ」
男　２「どうしたんすか？」
店員２「超、マン汁くさいんだけど」

女2、お菓子の臭いを嗅ぐ。

女　２「うわ。くさ」
店員２「すげー、チンミの臭いすんだけど」
男　１「(笑う)」
店員２「誰か、手マンした手でそのまま触ったんじゃないっすか」
男　２「あ、俺かも」
店員２「え、誰とやったんすか？」
男　２「ああ……(シャワールームを指して)」
男　１「(笑って) 謎が解明されましたわ」
店員２「え、何、何」

男1、店員2に耳打ち。

店員２「(爆笑しながら) やっべー」

男4と女1、降りてくる。

店員２「(女1に) おお」

女1「ああ……」

店員2「おめー、何回やったの？」

女1「いや、2回」

店員2「え、誰と」

女1「（男4を指す）」

店員2「いや、もう1回は」

女1「だから……（男4を指す）」

店員2「（男4を見て笑って）ああ、そうなんだ」

男4「……」

　店員2、従業員室に戻りながら……

店員2「ちょっと、あいつ（店員1）ぶっ殺してきますわ」

男1「ああ、もう、やっちゃって下さい」

　店員2、従業員室に去る。

男4「（女1に）あの2回目は自分なりにいろいろアレンジしてやってみたんですけど……」

女1「え、どこが？」

男4「いや、浅く入れたり、深く入れたり……」

女1「あ、ごめん。全然気づかなったわ」

男4「ああ……じゃあ……耳に息を吹きかけるのはどうでした？」

女1「あれも意味ない」

男4「ああ」

　男1・2、女2は男4と女1のやりとりをにやけながら聞いている。

男3、女3、降りてくる。
女4、バスルームから出て来る。

女4「(男3に)あ、どうぞ」
男3「(男4と女1を指して)いや……」
女4「(男4と女1に)じゃあ」
男4「(男3と女3に)ああ、先いいっすよ」
女1「(男3と女3に)ああ……いいよ」
男3「(優しく女3に)じゃあ……先、浴びてきな」
女3「ああ、はい……」

男3、女3を優しくエスコートして……
女3、バスルームに入る。
女4、ソファーに座る。

【1】

女2、女4の顔をじーっと見ている。

女2「……」
女4「え、どうしました?」
女2「あ、いや……」
女4「え、え、何ですか?」
女2「いや、何でもないですよ」

【2】

男1、男3を手招きしている。

男1「ちょっといいっすか?」
男3「え、何すか?」

男3、ソファーに座る。

男1「(男3に) どうでした？ (バスルームを指して)
あのコ」

男3「ああ」

男1「次、俺、やるんで……」

男3「ああ……」

男1「(男2に) あの倍、声出させますよ。俺」

男2「まじっすか。期待してますよ」

男3「……」

【3】

男4は、セックスのやり方を女1に色々聞いてい
て……

男4「あの、今度は別の人とやって下さい」

女1「ああ……」

男4「僕も違う人とやってみたいんで」

女1「(ぶっきらぼうに) あ、はい」

＊【1】【2】【3】同時進行。

男1「え、じゃあ、次は…… (自分とバスルームを指して)
こうで…… (男2に) どうします？」

男2「ああ……どうしよう……」

女4「(咄嗟に男3に) 次、お願いできますか？」

男3「え」

女2「ちょっと待って。そこ、やんの」

女4「(男3に) いいですか？」

男3「ああ……はい」

女２「(男2に) え、え、どうすんの?」

男２「ああ……。(見渡して) こう (自分と女4を指して) はダメなんですよね」

女４「あ、(自分と男3を指して) ここやるんで」

男４「だから……あれっすよね…… (男2と女1を指して) こうと (自分と女2を指して) こうですよね」

男２「え、でも、あれですよね。また、(自分と女2を指して) こうでもいいんですよね」

男４「あの、僕、次、別のことやりたいんですよ」

男２「ああ……そうですか……」

男４「(男2に) いいっすか?」

男２「ああ……はい」

男１「(そのやりとりを見てにやけている)」

女１「え、結局、どうすんの?」

男４「だから……」

女２「あの……別に今、決めなくてもいいんじゃないですか」

男２「ああ……そうっすね」

女２「その場のノリとかでいいんじゃないの」

男２「ですよね」

男４「ああ……」

男１「とりあえず、俺はあのコとやるんで」

男２「それはオッケーっす」

男３「今、何時っすか」

男２「ああ……2時半ですけど」

男３「ああ……」

男3、バスルームの方を気にしている。

男１「どんな感じでした? あのコ」

男３「え」
男１「何か、特に感じるところとかありました？」
男３「いや、別に」
男１「何か情報下さいよ」
男３「いや、俺は普通にやってただけだから」
男１「あそこ、臭くなかったっすか？」
男３「(苦笑いして) いや」
女４「そんなわけないじゃん。シャワー浴びてるのに」
男１「(冗談ぽく) ああ……そうだよね……」

男1・2、女2、笑う。

女４「え？　え？」
男１「……彼氏とかに何か言われない？」
女４「え……何が」

男１「いや……」
女２「ていうか、彼氏いるの？」
女４「あ、はい」
男１「(女2に) え、いる？」
女２「いるよ」
女４「(意外な感じで) へー」
女２「え、何、いるよ。普通に」
女４「あ、いや……」
男１「(男2に) 彼女います？」
男２「あ、いないっす」
女２「え、ヤリ友は？」
男２「あの……俺……カミさんいるんすよ」
男１「まじっすか」
男２「あ、はい」

男1、女2・4、笑う。

【1】

女2「奥さんじゃ満足できないんですか？」

男2「じゃあ、彼氏じゃ満足できないんですか？」

女2「いやー。ねー」

男2「多分、同じ感じだと思いますよ」

女4「あー、そっか」

男2「彼氏に対して罪悪感とかないの？」

女2「私はない。浮気だと思ってないもん」

女4「私はちょっとはありますけど……」

男2「ああ」

女2「え、じゃあ、奥さんに罪悪感ってあるんですか？」

男2「奥さんにはないですね」

女2「え、え、どういうこと？」

【2】

女3、バスルームから出てくる。

男1「(女3を手招きして) ちょっといいっすか」

女3「え」

男1「上、行きません？」

女3「ああ……」

男3「(苦笑いして) ちょっと休ませたほうがいいんじゃないですか」

男1「ああ、まあ、そうっすね」

女3「……」

店員2、従業員室から来る。

男　1「(それに気づいて)え、どうしたんすか?」

店員2「(従業員室を指して険しい顔をする)ちょっと
　　　気まずいんで、こっちにいていいっすか」

男　1「え、やって(殺して)ないんすか?」

店員2「いや、なかなか、死なないんすよ。あいつ」

　　　男1、笑う。

＊【1】【2】同時進行。

【1】

男　2「(にやけて)あの……」

女　2「何? 何?」

男　2「俺、子供もいるんすよ」

女　4「えー!」

男　1「(3人の方を向いて)え、何? 何?」

女　2「(男2を指して)この人、子供いるんだって」

男　1「まじっすか」

女　4「え、男の子? 女の子?」

男　2「ああ……メスです」

　　　男1、女2・4、笑う。

【2】

　　　男3は、女3にジュースを注いであげている。
　　　男4は、お菓子を食べている。

男　4「(男3に)シャワー浴びないんすか?」

男　3「(素っ気なく)あ、いいっすよ。先、浴びて」

男　4「ああ……」

【3】

女1と店員2はカウンターで他愛もない話。

＊【1】【2】【3】同時進行。

【1】

男4、女1のところに寄って行って……

男4「先、シャワーいいっすか？」

女1、店員2と話しているので、それを聞いていない。
男4、しばらくその場に立っていたが、女1は全然気づかないので、バスルームに入って行く。

【2】

女2「娘がこういうとこ来てたらどうします？」
男2「殴りますよ」
女4「自分も来てるのに」
男2「それとこれとは別じゃないっすか」
女2「何、それ」
男2「ていうか、今日は彼氏に何て言って来たの？」
女4「友達のとこ泊まるって」
女2「あ、同じ」
女4「奥さんに何て言って来たんですか？」
男2「いや、ちょっと飲みに行くって」

【3】

男1、また女3の方を向いて……

男1「あと、何秒休む?」
女3「あ、いや……」
男1「あ、そう。(上を指して)じゃあ」
女3「ああ……」

男1、立ち上がり、女3の手を取る。
男3、それを引き止めて……

男3「もうちょっと休ませた方がいいんじゃないですか」
男1「え、大丈夫なんでしょ」
女3「ああ……まあ……」

男1、女3を連れて行こうとして……

男3「ちょっと……」
男1「え、何?」
男3「いや、終わったばっかでしょ……」
男1「え? え?」
男3「女性の意思をちゃんと尊重しましょうよ」
男1「何? 何?」
男3「いや……」

男1、男3が嫉妬しているのに気づいて……

男1「え、ちょっと待って。ちょっと待って」

男1、部屋の隅に男3を連れて行く。

*【1】【2】【3】同時進行。

男2、女2・4、ソファーに座って他愛もない話。
女1と店員2はカウンター越しに他愛もない話。
部屋の隅で男1と男3、何やらひそひそ話。
その様子を見ている女3。

この状態がしばらく続いて……

男1、男3と話すのをやめて、店員2の方に行き……

男　1「(店員2に) ちょっといいっすか」
店員2「え、何?」

男1と店員2、カウンターの奥で何やらもめている。
それを見ている男3、女1・3。

女　1「(男3に) え、どうしたの?」
男　3「いや……」

それに気づかないで、話している男2、女2・4。

しばらくして……

突然、男1、店員2に殴り掛かる。
二人の様子はカウンターに隠れて見えない。
カウンターの裏で激しい音が聞こえる。

女　1「ちょっと!」

男2、女2・4、異変に気づく。

3人、カウンターに向かう。

カウンターの裏で男1と店員2が喧嘩をしているようだ。

男2、止めに入る。

男　2の声「え、ちょっとどうしたんすか？」

喧嘩、おさまる。

長い沈黙。

男1、カウンターの裏から出て来る。

リビングに戻って来て、ソファーに座り、タバコを吸う。

店員2も起き上がって、男1を睨んでいる。

女　1「大丈夫？」

店員2「ああ……」

長い間。

みんな、状況が把握できず黙っているだけ……

男　1「（店員2に）金、返せ。こら」

店員2「できるわけねーだろ」

男　1「は？」

店員2「てめー、やってんじゃねーかよ」

男　1「だから、俺は、（女2を指して）やったし、（女4を指して）やったのね。あと、（女3を指して）ここしかねーじゃん」

店員2「（女1を指して）いんだろーがよ。まだ」

男１「は？」
店員2「こいつとやれよ」
男１「それは勘弁だろ」
店員2「あん」
男１「おめー、できんの？　こいつと」
店員2「……」
男１「できんのかって」
店員2「知らねーよ」
男１「こいつ、ぜってーマンコ腐ってんじゃん」
女１「は？」
男１「（女1に）あのさ……誰もおめーとやりたがってないのね……」
女１「……」
男１「（男2に）そうっすよね」
男２「え」
男１「言ってたじゃないっすか」
男２「……」
女１「……」

間。

男２「（吹っ切れて）まあ、そうっすね。正直言って、ちょっときついかもしれないっすね……」
女１「……」

バスルームから男4、出て来る。
男4、場の異変に気づいて、黙って立っている。

男１「（女1に）だから、おめーさ、（男4を指して）あいつとやってもらえる。おめーら二人と誰もやりたくないんで……。まじ、頼むわ」

間。

男4「え、何すか」

男1「は」

男4「え」

男1「何？　おめーわかってねーの？」

男4「え」

男1「何、シャワー浴びて、準備万端にしてんだよ」

男4「いや……」

男1「あのさ……普通にきついじゃん。おめーとやんのとか」

男4「……」

男1「え、え、わかんねー？　そういうこと」

間。

男4「いや……まあ……わかってるけど」

男1「わかってんなら。来んなって……」

間。

女2「(店員2に) あのさ……男の人の面接もちゃんとしなよ……。女の子は可愛い子揃ってるのにおかしいじゃん……」

店員2「……」

女2「こっちの気持ちも考えて……」

店員2「……」

女2「(偉そうに) そういうことさ、一つ一つ、つめていかないと店自体、大きくなんないと思うよ」

女1、笑って……

女　1「(店員2に) つーか、このコだってそんなに可愛くないじゃんね」

女　2「は？」

女　1「(笑って) 微妙だよね」

女4、吹き出す。

女　2「(女4に) え、何？　何？」

女　4「(笑いを堪えて) いや……」

女　2「何で笑ってんの？　あんた」

女　4「(笑いながら) ごめんなさい」

女　2「(切れて) つーかさ……あんたさ……みんなにマンコが臭いって迷惑がられてるよ。まじで」

女　4「(顔が凍りつく)」

女　2「え、何？　クラミジア？」

女　4「……」

最悪の空気。

長い沈黙。

男　2「(空気に耐えられずに男1に) あの……何があったんですか？」

男　1「いや……こいつ (店員2を指して) が金返さないんですよ」

男　2「え、え、何で、そういうことになったんですか？」

男１「だから……何か、こいつ（男３を指して）が〝あいのり〟になってるんですよ。（女３を指して）好きとかなってたんすよ」

男３「（苦笑いして）なってないですよ」

男１「ここ、ラブワゴンすか？」

男２「いや、ラブワゴンじゃないっすね」

男３「違いますよ。違いますよ。あの……だから……何かね、（女３を指して）彼女が続けてだったから、彼にちょっと間を空けたほうがいいんじゃないかなって言ったんですよ」

男１「何で、おめーが口挟むんだよ。おかしーだろ」

男３「わかってます。わかってます。俺も余計なお世話かなって思ったんですけど。あの……彼女もちょっと嫌がってたみたいだったから」

女３「は？」

男３「（女３を見る）」

女３「何、それ」

男３「え」

女３「（切れて）ていうかさ、あんたより、（男１を指して）この人のほうが全然、かっこいいし。この人のほうが全然やりたいんだけど……」

男３「……」

女３「余計な事しないで。まじで」

男３「（呆然と女３を見ている）」

女３「ほんと、おめーうざいから……」

男３「……」

インターホン鳴る。

店員2「（インターホンに出て）あ、はい。はい。あ、今、開けます……（オートロックを開ける）」

店員1、従業員室から眠そうに出て来る。

店員1「カップルさん、来たみたいですね……」
一　同「……」
店員1「どうですか、皆さん。……楽しんでます？」

音楽。

暗転。

間。

バスルームから、女5、出て来る。
みんな、女5に注目。
女5、のそのそと歩き、男5の隣に座る。

男5と女5、目を合わせてにやけている。

男5「(小声で) 何だよ」
女5「(小声で) いや、別に……」

間。

男2「(男5に) 店員、呼んで来ないんすか?」

⊙シーン6

テロップ「AM3:30」

明転。

男5、タオル1枚でソファーに座り、タバコを吸っている。
みんな、男5を気にしている。

男5「ああ……」
女5「(笑って) じゃあ、行って来るわ」
男5「(笑っているので) 何だよ」
女5「だから、何でもないって……」

女5、従業員室に行く。

男5「(男2に) あの……」
男2「あ、はい」
男5「みなさん、あれっすよね、もう、そういうことはされたんですよね」
男2「え、あ、はい……」
男5「(にやけながら) すごいっすね……」
男2「ああ……」

女5、戻って来て、座る。
女5、微妙に笑っている。

男5「何だよ」
女5「(呆れて笑って) だから、何でもないから。本当に」

店員1、従業員室から出て来て……

店員1「(眠そうに) シャワー終わりました？」
男5「あ、はい」
店員1「あれですよね、初めてですよね」
男5「あ、はい。初心者です」
店員1「(適当に) あの、まず、男性の方なんですが、エッチをする時は必ずコンドームをつけて下さい……」
男5「(緊張して) あ、はい」

店員1「（たるそうに）上に白い袋に入ったコンドームと青い袋に入ったコンドームがありまして……。青い方がLサイズになってます。必ず、白い方をして、小さかったら、青い方をつけて下さい。じゃないと、女の子の中でとれちゃうことがあるので」

男5と女5、軽く目を合わせてにやける。

店員1「で、1回、エッチが終わったら、シャワーを浴びて下さい。あと、トイレに行ったら、シャワーを浴びてから、エッチしてください」

男5、女5、うなずいている。

店員1「で、確認なんですけど……スワッピングは大丈夫ですか？」

男　5「え、何すか。それ」

店員1「（うざそうに）彼女さんが、別の男性とエッチしても大丈夫ですか？」

男　5「ああ……はい……大丈夫ですよ」

店員1「（女5に）彼氏さんが別の女性とエッチしても……」

女　5「大丈夫です」

店員1「わかりました。じゃあ、みなさん、どんどん誘っちゃって下さい」

一　同「……」

店員1、従業員室に向かいながら……

店員1「（あくびしながら）朝5時まで楽しんでって下さい」

店員1、従業員室に去る。

沈黙。

男4、いきなり立ち上がる。
みんな、注目。

男4、女1の方に寄っていって……

男4「……上に行きませんか？」
女1「え」
男4「だめ？」
女1「(ちょっと考えて)……いいよ」

女1、吸っていたタバコの火を消して上に行く。
男4、みんなを気にしながら上に上がって行く。

みんな、苦笑い。

男2「あの人すごいっすね」
女2「あれだけ言われたのに……」
男2「かっこいいっすね」
男1「(苦笑い)」
男5「(男4と女1が上に行く様子をじーっと見ていて)
え、あれは、やりに行ったんですか？」
男2「あ、そうっすよ」
男5「おー」
女5「勝手に、誘っていいんだ？」
男5「すげー」

男5と女5、目を合わせて……

男5「おめー、誘ってみて」

女5「何で、私からなの」

男5「頼む。先行《い》って」

女5「まじで?」

男5「まじ。まじ」

女5「えー」

男5「いいから。いいから」

女5、ゆっくり立ち上がる。

みんな、女5に注目。

女5、どうしていいかわからず、戸惑っている。

男5「はやく行けって」

女5、恐る恐る男達の方に寄って行く。

一人、一人の顔をよく見る。

女5「誰でもいいのかな?」

男5「いいでしょ」

女5「え、え、どうしよう」

男5「え、誰? 誰?」

男1・2は女5が寄って来たので目を伏せるが、その前を通り過ぎて、女5、男3の方に寄って行く。

男3、目を逸らす。

女5、男3の前で立ち止まって……

女５「(男３に) あの……」
男３「(わざとらしく) はい？」
女５「(男５に) え、何て言えばいいの？」
男５「わかんない。わかんない」
女５「(男３に) あ、あの……」
男３「あ、はい」
女５「あの……上に行きませんか？ (男５に) これでいいの？」
男５「(うなずく)」
女５「(男５に) いいよね。いいよね」
男５「(うなずく)」
女５「(男３に) え、え、だめですか？」
男３「いや……」
女５「(男５に) やばい、断られそう」
男５「(微笑)」
女５「(男５に) どうしよう。どうしよう」
男５「(微笑)」
みんな、男３に注目している。
男３「(吹っ切れたように) あ、いいっすよ」
女５「え、ほんとですか……」
男３「あ、はい」
女５「ありがとうございます」
女５、深々とおじぎ。
男３「彼氏さん、いいっすか？」
男５「え」
女５「(男５に) 大丈夫？」

男5「大丈夫。大丈夫」

男3「ほんとに大丈夫っすか?」

男5「はい。はい。行ってらっしゃい」

男3「じゃあ、お借りしますね」

男5「どうぞ。どうぞ」

男3、立ち上がって……

男3「行きましょうか」

女5「あ、はい。(男5に)行ってくるわ」

男5「おお……」

男3と女5、上に向かう。

女5、階段に躓きそうになって……

男3「(かっこつけて)足下、気をつけて下さい」

男1・2、女2、顔を見合わせてにやけている。

男3、女5、プレイルームに入って行く。

女5、みんなが下から見ているのに気づき、ロールカーテンを閉める。

男5、無表情でそれを見ている。

しばらくして、女5の笑い声が微かに聞こえてくる。

男2「大丈夫っすか?」

男5「え」

男2「いや、彼女さん……」

男5「ああ、全然大丈夫っすよ」

男2「あ、そうっすか」
男5「つーか、あの人はあいつでいいんすかね」
男2「ああ……」
男5「よく気に入りますよね」
男1「自分の彼女じゃないっすか」
男5「(ふざけて) え、違いますよ」
男1「ひでーな」
男2「え、何で、二人で来たんですか?」
男5「いや、料金安くなるじゃないっすか」
男1「やっぱひでーわ。この人」

男5、ちらっと2階の様子を気にする。

男5「でも、すごいですね。ここ」
男1「びびりました?」

男5「こんなところがあったんすね……」
男1「あったんすよ」
男5「ていうか、僕もやっていいんですよね」
男1「もちろん」
男5「すげー」
男1「やばいっしょ」
男5「誰でもいいんすか?」
男1「聞いてみて下さいよ」
男5「(女2に) え、僕とやってくれますか?」
女2「あ、はい」
男5「すげー」
男1「(笑う)」
男5「(女3に) え、僕とやってくれますか?」
女3「ああ……」
男1「あ、このコとはできないんですよ」

男5「え、何で」
男1「いや、まあ、いろいろあって……」
男5「え、何、それ」
女3「あ、全然、大丈夫です……」
男5「え、どっちっすか」

　　上から女5の喘ぎ声、聞こえてくる。

男1「あ、もう、はじまったみたいっすよ……」

　　しばらく、その喘ぎ声を聞く一同。

男1「どうなんすか」
男5「え」
男1「自分の女がやられてるわけじゃないっすか」
男5「ああ」
男1「嫉妬心とか芽生えます？」
男5「ぶっちゃけていいっすか？」
男1「あ、はい」
男5「何とも思わないっすね……」
男1「（笑って）ああ」
男5「はい」
男1「あれくらいだったら、別れても痛くねーって感じっすか」
男5「ああ、まあ、そうっすね」
男1「（笑う）」
男5「ていうか俺もやるし」
男2「え、結局、誰とやるんすか？」
男5「ああ……」
男1「え、誰っすか？」

男5「あの、僕、(女4を指して) このこがいいですけど」
男2「(笑う) 直球ですね」
男5「え、(女2を指して) これくらいにしとけばよかったっすか」
女2「……」
男5「(女2を指して) これくらいだったら、やったことあるもん」
女2「……」
男5「(女4を指して) これはないもん」
女4「(苦笑い)」
男5「え、で、で、までこのコとできんの?」
男1「聞けばいいじゃないですか」
男5「(女4に) まじでやらせてくれるんですか?」
女4「はい」
男5「うおー。すげー」

上から、女5の獣のような喘ぎ声が聞こえてくる。

男1「やべー。何、これ」

みんな、笑う。

男1「普段もあんな声、出してるんすか」
男5「ええ、まあ」
男1「きついでしょ」
男5「(苦笑いして) そうっすね」

みんな、笑っている。

男2「(男5に) つーか、やんないんすか」

男5「え、ああ……やりますよ」

男1「彼女の隣でやってきましょうよ」

男5「それはちょっとやだな」

男2「じゃあ、彼女が終わったら、即効、行って下さい」

男5「あ、はい」

女5の喘ぎ声、さらに大きくなる。

みんな、さらに笑う。

男1「(男5に)ちょっと見てきますわ」

男5「(苦笑い)」

男1、上に向かう。

それにつられて、男5以外みんな上に行く。

女5、尚も、とんでもない喘ぎ声。

みんな、プレイルームを覗いて、爆笑している。

男5、下で一人、無表情でタバコを吸っている。

しばらくして……

女5、喘ぎ声高まり、頂点に達する。

男3、いったようだ。

みんな、爆笑。

男5、タバコの火を消す。

みんな、戻ってくる。

女2「あの人(男3)、はやくない？」

男1「(女3に)あいつ、早漏でしょ」

女3「(うなずく)」

男1「(笑う)」

男２「(男５に) 終わりましたよ」
男５「ああ」
男２「行かないんすか?」
男５「ああ、行きます。行きます」
男１「(男２に) いや、やばいっすね。あの女」
男２「(笑う)」
男５「……」
男１「(男２に) 何食ったらあんな声出るんすかね」
男２「(笑う)」
男５「……」

男３と女５、降りてくる。
みんな、それに注目。

男３「あ、シャワー、どうします?」
女５「先、いいですよ」
男３「あ、じゃあ……」

男３、みんなの視線を感じているが、わざと気にしてない素振りでバスルームにそそくさと入って行く。

女５、ソファーの方に向かって来る。

男５「(わざと素っ気なく) どうだった?」
女５「ああ……よかったよ」
男５「(微妙に顔をひきつらせて) へー。え、どんな体位とかでやったの?」
女４「え、いつもと一緒だよ」
男５「ああ……そうなんだ……」

女5、ソファーに座る。

女5「つーか、やんないの？」

男5「あ、やる。やる」

女4「じゃあ、行きましょうか」

男5「ああ、はい」

女5「え、このコとやんの？」

男5「おお。すげーだろ」

女5「すげー。すげー。（女4に）よろしくお願いします」

女4「あ、こちらこそ」

女5「がんばってね」

男5「え、大丈夫？」

女5「何が」

男5「いや……」

女5「あー、大丈夫。大丈夫」

男5「あ、そう」

女5「うん」

男5「じゃあ、行ってくるわ」

男5、女4、階段を上がり、プレイルームに消える。

女5、タバコに火をつけて吸う。

みんな、女5を気にしている。

男2「あの……」

女5「はい」

男2「嫉妬とかしないんですか？」

女5「ああー、しないっすね」

男2「ああ……そうっすか」

女5「あ、はい」

間。

男1「ていうか、何で、二人でここに来ようと思ったんですか？」

女5「ああ……」

男2「変ってますよね」

女5「いや、あのですね……」

男1「あ、はい」

女5「私たち、村上龍がすごく好きで……」

男1「……」

女5「あの人の小説ってフリーセックスとかがすごく美しく描かれてるじゃないですか……」

男1「(ひいて) あー」

女5「だから、私たちも、その、何て言うんだろ、そろそろそういう超越した関係になりたいっていうか……」

その時、男5、のそのそと降りてくる。

男1「どうしたんすか？」

男5「いや、ちょっと……」

男1「マンコ臭かったっすか？」

男5「え、いや、ちょっとわかんないっすね」

男3、バスルームから出て来る。

女4、降りてきて……

男3「(女4に) あ、シャワーいいっすよ」

女4「あ、大丈夫です。やってないんで」

男5、ソファーに座る。

男1「え、何でやんないんすか？」
男5「ああ」
男1「もったいないっすよ」
男5「……まあ……でも……そういう人がいてもいいんじゃないですか」
男1「（苦笑い）ああ」
男5「え、違います？」
男1「あ、まあ……」
男5「いいっすよね」
女5「え、え、つーか、やってよ」
男5「あん」
女5「私もやったんだから……」
男5「いや、いいよ。いいよ」

女5「罪悪感もつのとか面倒くさいし……」
男5「（さらっと）え、何、おまえ、罪悪感もってんの？」
女5「いや、そっちがやんなかったらね」
男5「ああ……」
女5「うん……」
男5「……」

間。

女5「え、え、どうしたの？」
男5「つーかさ……つーかさ……」
女5「あ、うん」
男5「何、おまえ、まじでやってんの？」
女5「え」
男5「俺の気持ちとか、全然考えてねーじゃん」

女5「え、何が」

男5「よく、できんな。そんなことな。まじで」

女5「いや、自分だって上行ったじゃん」

男5「ほんとにやるわけねーじゃん」

女5「は」

男5「ギャグじゃん」

女5「え」

男5「すげー高度なギャグだったんだけど。わかんなかった?」

女5「あ、わかんなかった」

男5「いいよ。いいよ。わかんないんだったら」

女5「あ、うん」

男5「何なの。おまえ。まじで」

女5「いや……」

女5「何、調子こいて、やってんの?」

女5「いや、だって」

男5「え、何でやったの?」

女5「いや、かっこよくなりたかったから……やったんだけど……」

男5「ああ……」

女5「……」

間。

男5「あのさ……俺、(女4を指して)あのコとやるとこだったじゃん」

女5「あ、うん」

男5「え、それ、どう思ったの?」

女5「いや、可愛いコだなって」

男5「それ、あのコのことだから。お前の気持ち聞いてんだけど。まじで。ちゃんと言ってくんない？」

女　5「いや、それ以外何も考えてなかったたっていうか」

男　5「何も考えてねーんだ……」

女　5「疲れてたっていうのもあるし……」

男　5「……」

女　5「……」

間。

男　5「じゃあ、もう別れる？」

女　5「え、何で？」

男　5「今、そういう話になってねーか」

女　5「なってないよ」

男　5「だって、俺のこと好きじゃねーんだろ」

女　5「え、え、好きだよ。別れたくない」

男　5「それ勝手だから、おまえやってんじゃん。どう考えたってやってるやつにそう言える権利ないでしょ」

女　5「え、じゃあ、別れなきゃいけないの？」

男　5「え、別れたいの？」

女　5「だって、それしか、選択権ないんでしょ。私に」

男　5「え、だけど、ほんとに別れたくなかったら、俺の言ってることなんて無視すればいいじゃん」

女　5「ああ……」

男　5「貫けよ、自分の意志を」

女　5「え、え、私はどうすればいいの？」

男　5「自分で考えろよ。そんなこと」

女　5「え、ほんとどうすればいい？」

男　5「（切れて）だから、聞くなよ！」

女　5「……」

間。

男3「(恐る恐る男5に) あの……すみません……何か……俺が……」

男5「(ひきつった笑顔で) 大丈夫っすよ。こいつが馬鹿なだけなんで」

男3「いや……すみません」

男5「(ひきつった顔で) いいっすよ。いいっすよ」

男5、タバコに火をつける。

タバコを持つ手が震えている。

他の者は何も言えず黙っている。

気まずい間。

女5「とりあえず、ここ出ない?」

男5「どっちでもいいけど……」

女5「ああ……」

男5「おまえが決めて」

女5「じゃ、帰ろ」

男5「おまえがそうしたかったら、そうすればいいじゃん」

女5、着替え出す。

男5「おい!」

女5「え」

男5「おまえ、何してんの?」

女5「え、だって帰るでしょ」

男5「そういうところが俺の気持ちとか分かってないって言ってんじゃん」

女5「え」

男5「ここで、着替えたら、他の男におめーの裸みられちゃうんだよ。俺はどうすればいいの？」

女5「あー、そっか。ごめん」

男5「いや、おまえがいいと思ったんなら別にいいんじゃねーの。大した事じゃねーし」

女5「いや、私、向こうで着替える」

男5「だからどっちでもいいって」

女5「（強く）いや、私、絶対、向こうで着替える」

男5「そうしたかったら、そうすればいいんじゃねーの」

女5「そうしたいからそうする」

男5「（強く）じゃあ、そうすればいいじゃん」

間。

女5「（泣き出す）ごめんなさい」

男5「……」

女5「本当にごめんなさい」

男5「（泣き出したのにうろたえて）え、ごめん。ごめん。ごめん」

男5、女5を抱き締めて……

女5「別れたくないんだけど」

男5「俺だって別れたくないよ」

女5「ほんと？」

男5「ごめんね。怖かったね」

女5「怖かった」

男5「もう、大丈夫だから」

女5「でも、どうしよー。私、やっちゃったー」

男5「（情けなく）もう、それ言わないで」
女5「何で私、やったんだろー」
男5「もう、いいから。今日のことは忘れよ」
女5「それで大丈夫なの？」
男5「おまえ、大丈夫だったら。俺は大丈夫だから」
女5「（また泣いて）ありがとー」
男5「うん。なかったことにしよ……な」
女5「うん。なかったことにする」

しばらく、二人、抱き合って、いちゃいちゃする。
男5、女5の頭を撫でで……

男5「着替えてきな」
女5「うん」

男5、女5のバスタオルが下がっているのを直して……

男5「見えちゃうから……」
女5「うん」

女5、バスルームにダッシュで入って行く。
男5、みんなの視線を気にしながら、着替え出す。
着替えてる途中、タオルがはだけて、けつが丸見えになる。

その様子を一同、見ない振り。

音楽。

暗転。

◉シーン7

テロップ「AM4：45」

明転。

窓の外はうっすら明るくなっている。

男2・3、女2・3・4、寝ている。

男1は起きていて、携帯をいじっている。

激しいいびきの音が聞こえる。

しばらくして、男2、女2、起きる。

男2「（眠そうに）誰っすか。このいびき」

男1「（笑いながら女3を指して）」

男2「（笑う）」

間。

男2「（タバコを吸って）今、何時っすか」

男1「（携帯を見て）4時45分っす」

男２「ああ、もう終わりっすね」
男１「明るいっすよ。外」
男２「（窓を見て）ああ……」

男2、携帯を見て……

男２「やべー、すげー着信あるんすけど……」
女２「え、誰から」
男２「（苦笑いして）奥さんです」
女２「（笑って）石鹸の匂い、消して帰ったほうがいいですよ」
男２「（体の匂いをかいで）ああ……」
男１「あの……一つ聞いていいっすか」
男２「あ、はい」
男１「奥さんとセックスするんですか？」

男２「しますよ……月1」
男１「ああ……」
男２「家族いたって、スケベなことはしたいっすよ」
男１「そうっすよね。スケベなことはしたいっすよね」
男２「したいっすよ」

男1、タバコに火をつけて、吸う。

間。

男１「俺、あれですよ……一日の80パーセントは、エッチなこと考えてますよ」
男２「（笑って）ああ……」
男１「たまにですよ。エッチじゃないこと考えるの」
男２「俺、その残りの20パーセントで働いてます」

女3「(笑う)」

男1「何なんでしょうね。ほんとに……」

男2「神のみぞ知るって感じですよね」

男1「あの……射精した後って『おっぱい、いらねー』みたいになるじゃないっすか。また30分くらいしたらやりたくなるんすけど……」

男2「あ、はい」

男1「俺、思ったんすよ……その射精の後の30分が永遠に続けば、もっと、人生、有意義に過ごせんじゃねーかなって……」

男2「(笑って) そうっすね」

女2「(笑っている)」

男1「(女2に) あのさ……女の人もスケベなことばっか考えてんの?」

女2「私はそうだから、来てんだけど」

男1「でも、普通のコはなかなかやらせてくんないじゃん」

女2「ああ……まあ……人に寄るか」

男1「じゃあ、わかりやすいように、すぐやらしてくれるコは、バッチとかつけててよ」

女2「え、どんな?」

男1「(笑いながら)『私はすぐやらせるんで、声かけて下さい』って書いて……」

男2「(笑って) それ、いいっすね」

女2「(笑う)」

女4、起きる。

女4「あ、おはようございます」

男1「おはよう」

女2と女4、気まずい。

女4「(女2に恐る恐る) あの……」

女2「(わざと明るく) ん?」

女4「さっきは、すみませんでした」

女2「え、何が」

女4「いや」

女2「(わざと明るく) え、気にしてない。気にしてない」

女4「ああ……」

女2「(さらっと) こっちこそ。ごめんね」

女4「あ、いえ」

微妙に気まずい雰囲気が流れる。

男3、起きる。

男3「(わざとらしく) あー」

みんな、男3のことを気にしてない素振り。

男3、さりげなくみんなの方に来て……

男3「(携帯を見て変に明るく) あー、もう終わりっすね」

男2「あー、そうっすね」

間。

男3「あ、あれ、さっきのカップルの女とやったのギャグっすよ」

男2「え」

男3「いや、笑いとりにいっただけっすから」

男２「ああ」

男３「みんな、笑わねーから、すげー焦りましたよ」

男２「あ、すみません」

男３「(独り言) もうちょっとわかりやすくすればよかったな……」

男1・2、女2、目配せして笑う。

その時……

上から、女1の喘ぎ声が聞こえて来る。

女４「誰か、やってるんですか?」

男１「(男4と女1がいないのに気づいて) え、童貞と常連?」

女２「ああ……またやってんだ……」

女3、起きる。

ロールカーテンが開きっ放しになっているので、男4がバックから女1を激しく攻めている様子が下から見える。

男４「あー! あー! あー!」

それをみんな、しばらく見て……

男２「あいつ上達してんじゃないですか」

女2、女3が起きたのに気づいて……

女２「よだれついてるよ」
女３「ああ……」
　女3、ティッシュでよだれを拭く。
　男4、さらに激しく女1を攻める。
　女1、さらに激しい喘ぎ声。
女１「（思ったよりも可愛い喘ぎ声）あー！　あー！　あー！」
男４「（たくましく）あー！　あー！」
　男4、果てる。
　女1も果てる。

女１「（息荒く）はー。はー。はー。すごいわ。あんた。手3本あるかと思ったわ……」
　みんな、それを聞いて拍手。
一同「おおー！」
　男4、拍手を聞いてちょっと照れる。
　女3、男1に寄って行って……
女３「（男1に）あの……」
男１「ん？」
女３「上、行きませんか？」
男１「え」

その様子を見ていた男3、気まずい。

女2「（携帯を見せて）あと、1分くらいで終わりだよ」

女3「（携帯を見て）ああ」

女4、いきなり泣き出す。
みんな、女4に注目。

女2「え、え、どうしたの？」

女4「（泣きながら）いや、あの、今日、本当に楽しかったんで。もう終わっちゃうんだなーと思って……」

一同「……」

女4「何、私、こんなとこ来て、泣いてんだろ……」

女4の泣き声が部屋に響く。

女2「あのさ……じゃあさ、日にち合わせて、また、みんなで来ればよくない？」

男2「そうっすね。またこのメンバーで集まりましょうよ」

男4、女1、降りて来て……

女2「（女1に）今度いつ来ます？」

女1「私？　……明日」

女2「ああ、そっか……（男2に）え、いつ来れます？」

男2「あの……僕は平日のほうが」

女2「私は水曜日以外なら来れるんで」

男4「え、何の話ですか？」
男2「またこのメンバーで集まろうって話になってて……」
男4「ああ」
男2「え、いつなら来れます？」
男4「あ、僕はいつでも」
男2「（男1・3に）え、で」
男1「あ、いつでも大丈夫っす」
男3「（あまり気乗りしないが）あ、はい……僕もいつでも」
女2「（女3に）え、いつなら大丈夫？」
女3「あ、平日なら」
女4「（泣きながら）言ってくれたら合わせます」
女2「ああ……じゃあ……どうしよう……」

店員2、従業員室から出て来る。

店員2「（さらっと）5時になったんで終わりです」
一同「……」

店員2、みんなの私物のバックを出して……

女1「ちょっとシャワー浴びていい？」
店員2「え、誰とやったの？」
女1「（男4を指して）これ」
店員2「（にやけて）ああ、またやったんだ」
女1「すごいよ。この人」
男4「（照れる）」
店員2「（笑いながら男4に）シャワー浴びます？」
男4「あ、大丈夫です……」

女1、バスルームに入る。

店員2「じゃあ、みなさん、帰る準備してもらって……先に女の子帰します。で、しばらくしてから男が帰るって感じで。一応、ストーカー対策なんでお願いします」

みんな、なかなか着替えようとしない。

店員2「(それを見て) あ、着替えちゃって下さい」

みんな、のそのそと立ち上がり、着替える準備をし出す。

店員2、部屋の電気を消して、カーテンを開ける。

眩しい朝日が部屋に差し込む。

さっきの光景とはうってかわって、現実感のある部屋に変わる。

店員2、テレビをつける。

朝のニュース。

みんな、朝日を浴び、気だるそうに着替えを始める。

その光景はどこか物悲しい。

女達は恥ずかしそうに着替えをしている。

店員2「(それを見て) え、何、恥ずかしがってんの?」

女 2「いや」

店員2「さんざんいろんなとこ見られてんじゃないっすか」

女 4「(苦笑い)」

みんな、無言で着替え。
店員2、部屋の掃除をしている。

しばらくして……

男　2「(店員2に)あ、何か、上、ゴミ箱なかったっすよ」
店員2「え、使ったゴムとかどうしたんすか?」
男　2「そこら辺に置いときました」
店員2「まじっすか。片《かた》すの俺なんすよ」
男　2「(笑って)すみません」

女3、着替え終わって、何かを探している。

店員2「どうしたの?」
女　3「いや、携帯……」

店員2、テーブルの上に置いてあった携帯を指して……

店員2「これじゃねーの」
男　3「あ、それ、俺のです」
店員2「ちょっと、借りていいっすか」
男　3「あ、はい」

店員2、女3から、電話番号を聞いてかける。
女3のトートバックから着メロ流れる。
女3、トートバックを漁り、携帯を見つける。

店員2「あった?」
女　3「(うなずく)」

店員2、携帯を男3に返す。

男も女も大体着替え終わる。

男1・2は、女2・4の私服を見ている。

女4「(それに気づいて) え、どうしたんですか?」

男1「いや。そんな服、着てたんすね」

女4「ああ……」

女2「裸のほうが見られてる時間が長いって……やばいよね」

男2「裸族《らぞく》っすね」

女2「(苦笑い) 裸族……」

みんな、着替え終わるが、帰ろうとする者はいない。

座って、まったりと朝のニュースを見ている。

その状態がしばらく……

店員2は部屋を片づけている。

店員2「(女達を見て) え、どうしたの? 帰んないの?」

女2「あ、いや」

店員2「(冗談ぽく) もう1回やってく?」

女2「(苦笑いして) え、やんないよ…… (女4に) ね」

女4「(苦笑い)」

女達、ゆっくりと立ち上がって……

名残り惜しい気持ちを隠して、素っ気ない態度で玄関に向かう。

男達も女達に声をかけないで、素っ気ない態度。

店員2「ありがとうございましたー」

女達、去る。

店員2「(男達に) もうちょっと待って下さいね」

男達、テレビを見ながらぼーっとしている。

店員2、部屋の掃除の続き……

店員2「(何かに気づいて男3に) あ、すみません」

男 3「はい?」

店員2「あの、履歴消してもらっていいっすか」

男 3「は?」

店員2「『は?』じゃなくて……。さっきの女の子の残ってんじゃん」

男 3「ああ」

店員2「電話番号聞くのはNGだからさ……」

男 3「いや、俺、聞いてないじゃないですか。そっちが勝手にかけたんじゃないっすか」

店員2「いいから、消して」

男 3「はい。消しときます」

店員2「今、消して」

男 3「だから、消しときますって」

店員2「(いきなり凄んで) 消せよ。まじで! こら!」

男 3「……」

店員2「何、聞こえねーの?」

男 3「聞こえてるよ」

店員2「おめーみてーなのがストーカーとかになんだろ」

男 3「は」

店員2「何、1回やったからって好きとかなってんだよ」

男　3「なってねーよ」

店員2「じゃ、とっとと消せよ。おら！」

男　3「(舌打ちして、履歴を消す) おめー、何、その態度……」

店員2、男3から携帯を奪って確認する。

男　3「消したよ！」

店員2、携帯を男3に返す。

店員2「(他の男に) 番号聞いてない？　大丈夫？」

男達、うなずく。

店員2「……いいっすよ。帰って」

男3、立ち上がって、玄関に向かう。が、いきなり、振り返り、持っていたバックで店員2の頭を思いっきり殴り、逃げるようにして去る。

一同、呆然とする。

間。

店員2「(苦笑いして) あ、いいっすよ。帰って」

男1・2・4、立ち上がる。

男４「あの……結局、今度いつ集まることになったんすか？」
男２「え」
男４「いや、さっき」
男２「ああ……（男１に）決めてないですよね？」
男１「ああ、決めてないっすね」
男４「ああ……」

男1・2、のそのそと部屋を出て行く。
男4だけ、名残り惜しそうに残って、朝のニュースをぼーっと見ている。
バスルームから着替え終わった女1、出て来る。

女１「みんな、帰ったの？」
店員２「ああ」

女1、従業員室に行って……

女１「帰るよ」

店員1、眠そうに出て来る。

女1、バックを漁っている。

店員１「どした？」
女１「部屋の鍵……ない」
店員１「まじで？」
女１「持ってる？」
店員１「持ってねーよ。鞄の中、ねーの」
女１「ないから言ってじゃん」

店員1、鞄の中を漁る。

女　1「ほんと持ってない？」

店員1「俺のほうが、先出てったじゃん」

女　1「ああ」

店員1、鍵を見つける。

店員1「つーか、あんだけど」

女　1「え、どこにあった？」

店員1「いや、普通に入ってたけど」

女　1「あ、ごめん。ごめん」

店員1「(舌打ち)」

女　1「ごめんね」

女1、今までとは打って変わって女らしい態度。

男4、その様子を見ている。

店員1、男4と目が合って……

店員1「(男4に) ああ、どうも」

男　4「あ、どうも」

店員1「(男4に) 楽しみました？」

男　4「あ、はい」

女　1「ちょ、行ってるよ」

女1、去る。

店員2「店長、店長」

店員1「あん？」
店員2「何か、この人、あいつと3回くらいやったみたいっすよ」
男　4「（びびって）あ、いや」
店員1「（男4を見ている）」
男　4「……」

間。

店員1「（笑顔で）大丈夫でした？」
男　4「え、あ、はい……」
店員1「あ、そうですか」
男　4「（苦笑い）」
店員1「何かすみませんね……」
男　4「あ、いえ……」

女1、戻って来て……

女　1「はやく行こーよ」
店員1「ああ……（店員2に）じゃあ、後、片しとけよ」
店員2「あ、はい」

店員1、男4に軽く会釈して去る。

店員2「お疲れっしたー」
男　4「え、え」
店員2「ん？」
男　4「大丈夫なんすか？」
店員2「え、何が」
男　4「あ、いや……あの二人、つきあってるんすか？」

店員2「（笑って）ああ……知んなかった？」

男　4「ああ……はい」

店員2「（真剣に）いや……何かね……あの……店長、すげー借金してて、この店流行らないと超やばいらしいのね。で、結局、この店って男の客来ないと収益的にまずいじゃん。あいつもそれ知ってから毎日来て手伝ってるっていう……まあ、そんな感じなのね」

男　4「ああ……そうなんすか」

店員2「そう、そう」

男　4「……」

間。

店員2「っていうのは、嘘ですよ」

男　4「え」

店員2「信じたんすか？」

男　4「え」

店員2「そんな、すげー奴なわけないじゃないっすか。あいつが」

男　4「え、じゃあ、何で」

店員2「ただやりたいだけっすよ」

男　4「え、あの人はそれでいいんですか？」

店員2「頭おかしいんだよ。あの二人」

男　4「（苦笑い）ああ……」

店員2「そんな意味ありげでかっけーこと、ここにはないっすよ……」

男　4「（苦笑い）」

店員2「あ、ごめん。ちょ、帰ってもらっていい。掃除すっから……」

男　4「あ、すみません」

店員2、上に上がって行く。
男4、のそのそと部屋を出て行く。

音楽。

しばらくして、店員2、精子の入った使用済みコンドームを大量に持って、降りて来る。
精子は朝日を浴びて輝いている。
それをゴミ箱に捨てる。

店員2、ふとテレビに目をやると、そこには可愛いお天気お姉さんが映っている。
ぼーっとその映像を見る。

しばらくして……
ズボンをおろし始める店員2。
周りを見渡す。
離れたところにティッシュペーパーを見つける。
ズボンがおりた格好のまま、それを取りに行く。
お尻が突き出た情けない格好で、ティッシュを2、3枚、抜き取る。

暗転。

テロップ「脚本・演出　三浦大輔」

音楽が流れたまま……客電がつく。

完

付録：舞台装置配置図（間取図）

ポツドール「愛の渦」
@新宿THEATER/TOPS

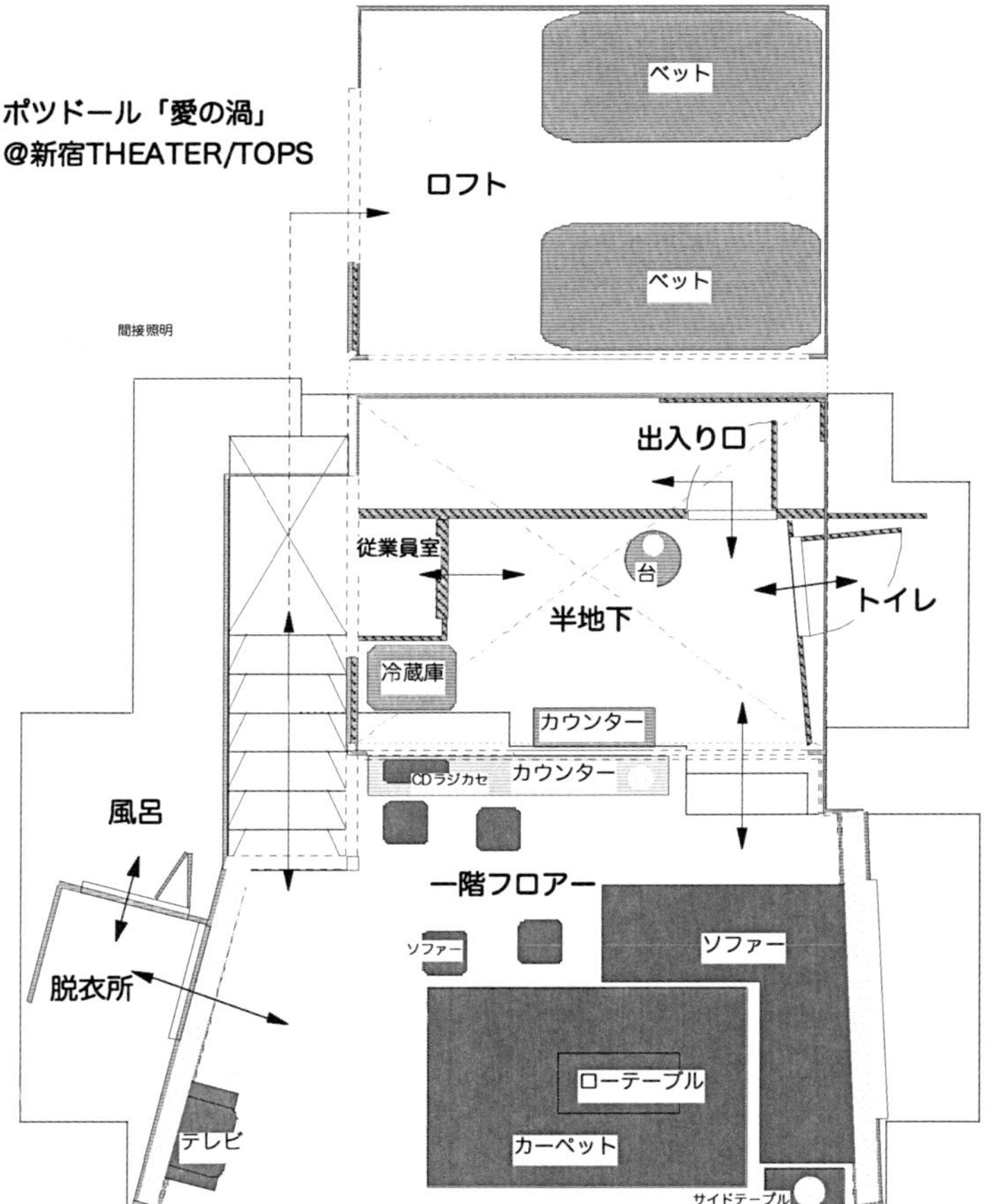

plan 田中敏恵

あとがき

どうでしたか。『愛の渦』は。

これが第50回岸田國士戯曲賞受賞作品ですよ。皆さん。

ありきたりな言い方ですが、ここに出て来る登場人物は皆、僕の分身です。

僕は、自分のスケベさを全部曝け出すつもりでこの戯曲を書きました。

もう、露出狂か、ってくらい曝け出しました。

でも、皆さんも、そうじゃないっすか。
スケベなことはしたいじゃないっすか。
結局、チンコとマンコじゃないっすか。

それだけです。
僕がこの作品で言いたかった事は。

もう1回言います。
これが第50回岸田國士戯曲賞受賞作品です。

僕がどうこうってことではなく、この『愛の渦』という戯曲が、伝統と格式のある岸田國士戯曲賞を受賞したことに興奮して止みません。

何か、いい時代になりましたね。

あと、最後に。

僕みたいな人間が、このように戯曲を出版することができたのも、今までポツドールに関わってくれた、役者さん、スタッフさんの力添えなくしては、あり得なかったことです。

本当に心から感謝しております。

ありがとうございます。

これからもよろしくお願いします。

あと、編集部の和久田さん、締め切り、思いっきり無視してすみません。

三浦大輔

2006年　3月

上演記録

ポツドール vol.13

『愛の渦』

２００５年４月20日（水）～27日（水）全11ステージ

於：新宿 THEATER/TOPS

脚本・演出

三浦大輔

キャスト
安藤玉恵
米村亮太朗
小林康浩
仁志園泰博
古澤裕介
鷲尾英彰
富田恭史（jorro）
青木宏幸（スロウライダー）
岩本えり
遠藤留奈
小倉ちひろ
佐山和泉（東京デスロック）

スタッフ

照明／伊藤孝（ART CORE design)
音響／中村嘉宏 (atSound)
舞台監督／矢島健
舞台美術／田中敏恵
大道具製作／夢工房
映像・宣伝美術／冨田中理 (Selfimage Produkts)
照明操作／大谷わかな
演出助手／富田恭史 (jorro)
小道具／大橋路代（パワープラトン）
衣装／金子千尋
写真撮影／曳野若菜
ビデオ撮影／溝口真希子
制作／木下京子
広報／石井裕太

運営協力／山田恵理子（YeP）
制作補佐／井崎久美子　大石綾子
企画・製作／ポッドール

装丁　冨田中理

著者略歴
一九七五年生
早稲田大学卒業
ポツドール主宰

上演許可申請先
〒一六四-〇〇〇三
東京都中野区東中野一-二四-八-三〇一
ポツドール
電話〇八〇-五四八七-三八六六
potudo-ru@mail.goo.ne.jp
ホームページアドレス
http://www.potudo-ru.com

愛《あい》の渦《うず》

二〇〇六年　三　月二五日　第一刷発行
二〇一四年　三　月一〇日　第八刷発行

著　者 © 三《み》浦《うら》大《だい》輔《すけ》
発行者　及　川　直　志
印刷/製本　株式会社デジタルパブリッシングサービス
発行所　株式会社　白水社
東京都千代田区神田小川町三の二四
電話　営業部　〇三(三二九一)七八一一
　　　編集部　〇三(三二九一)七八二一
振替　〇〇一九〇-五-三三二二八
郵便番号　一〇一-〇〇五二
http://www.hakusuisha.co.jp
乱丁・落丁本は、送料小社負担にてお取り替えいたします。

ISBN978-4-560-02692-2

Printed in Japan